KB250298

아르벤드 연대기

Chronicles of Arebend

몽연 판타지 장편 소설

FANTASY FRONTIER SPIRIT

아르벤드 연대기 1

몽연 판타지 장편 소설

초판 1쇄 찍은 날 § 2013년 8월 12일
초판 1쇄 펴낸 날 § 2013년 8월 19일

지은이 § 몽연
펴낸이 § 서경석

편집부장 § 권태완
편집책임 § 박가연

펴낸곳 § 도서출판 청어람
등록번호 § 제1081-1-89호
등록일자 § 1999. 5. 31
어람번호 § 제1-1658호

주소 § 경기도 부천시 원미구 심곡2동 163-2 서경B/D 3F (우) 420-822
전화 § 032-656-4452 팩스 § 032-656-4453
http://www.chungeoram.com
E-mail § chungeorambook@daum.net

ⓒ 몽연, 2013

ISBN 978-89-251-3419-2 04810
ISBN 978-89-251-3418-5 (세트)

아르벤드 연대기

Chronicles of Arebend

몽연 판타지 장편 소설

FANTASY FRONTIER SPIRIT

1

청어람

Chronicles of Arebend

아르벤드 연대기

CONTENTS

서장

똑똑똑.

동굴 천장에 매달린 종유석에서 맑은 물방울이 떨어지며 탄트라의 미간을 적셨다. 흐릿하던 의식이 조금씩 살아나자 침체돼 있던 기억들이 떠올랐다. 그 탓에 머리가 깨질 듯이 아팠다.

'살아 있구나.'

전신에 새겨진 흉측한 자상에서 화끈한 통증이 몰려왔다. 특히 왼팔의 통증은 상상을 초월했다. 어깨부터 통째로 잘려 나갔으니 오죽할까.

수백에 달하는 어쌔신의 추격을 따돌리려고 모험을 감행

한 결과이다. 살아 있는 것을 보면 성공한 듯했다.

　대가로는 수십 년간 단련시킨 소중한 신체 일부를 잃어버렸다. 제때에 치료를 못했기에 상처가 썩어 문드러져 있었고 왼팔의 절단면은 말할 필요도 없었다. 축축한 동굴의 습기를 그대로 받아들여 흉측하게 부풀어 있다.

　우우웅!

　탄트라는 체내에 남아 있는 미약한 오러를 외부로 방출했다. 몸을 감싸는 황금빛 오러에 의해 상처 속에 스며 있던 독기가 빠져나갔다.

　죽은피가 흘러내리면서 역한 냄새가 풍겼다.

　이윽고 죽은피 대신 선명한 붉은 피가 흐르자 상쾌한 감각이 맴돌았다.

　급한 상황은 넘겼으나 회복하는 데는 오랜 기간이 걸릴 것이다. 그래도 영양 보충을 하고 휴식을 적절히 취하면 상태가 호전될 것이다.

　문득 쓴웃음이 새어 나왔다.

　하급 포션이 한 병만 남아 있었어도 큰 도움이 됐을 텐데.

　수 개월간 도망 다니면서 포션과 약초 등을 전부 소모했다. 등에 멘 공간 가방에 들어 있는 물건이라고는 책 몇 권과 소량의 식량밖에 없었다.

　그나마 식량이라도 건져서 한시름 놓았다.

　'어딜까?

100미터 높이의 폭포로 뛰어든 것까지는 기억한다. 산다고 장담하긴 어려웠지만 주어진 선택권이 없었다. 뛰지 않았다면 팔이 아니라 목이 잘렸을 것이다.

힘없는 몸짓으로 고개를 이리저리 돌려 주변의 상태를 확인했다. 어둠침침해서 식별이 어려웠다. 아마도 지하 동굴쯤으로 추정됐다.

탄트라가 있는 지역은 뒤가 막혀 있는 자그마한 웅덩이였다. 어딘가에 있을 입구 부분에서 흐르는 물줄기를 타고 여기까지 밀려들어 온 것으로 보인다.

오러를 개방해서 감각을 넓혀봤다. 중상에 의한 오러 역류 현상 때문에 광범위 스캔은 힘들었다. 다행히도 잡히는 건 없었다. 특별한 위험은 없다고 봐도 무방했다.

'후우!'

탄트라는 안도의 한숨을 내쉬었다. 그렇다고 긴장을 늦추지는 않았다.

이 지역의 특성상 어떤 마수가 어디서 튀어나올지 예측하지 못한다. 몸 상태가 정상이라면 현재 쉬고 있는 동굴부터 조사했을 텐데 지금은 그럴 힘이 남아 있지 않았다.

촤아!

차가운 웅덩이에서 빠져나와 구석에 마련된 바닥으로 가서 젖은 가죽 갑옷과 옷가지를 벗고 편안한 자세를 취했다.

쫓기는 처지에 느긋해 보일 수도 있다. 이는 믿는 바가 있어서이다. 적들은 절대 이곳에 들어오지도, 찾지도 못한다. 그들이 동굴에 들어오는 순간 맞닥뜨릴 것은 씨 몰살뿐이다.

"쩝쩝."

힘없는 몸짓으로 공간 가방에서 육포와 물을 꺼내 먹었다. 먹어야 상처를 회복하고 체력을 회복한다. 어중간한 각오로는 이 지옥에서 살아남기 어려웠다. 하물며 이렇게 나약한 지금에서야 더 말해 무엇할까.

'황제의 자리가 그리도 탐이 났던가.'

탄트라는 알칸시아 제국의 삼 황자였다. 아르벤드 대륙의 패권을 좌지우지하는 초강대국의 황자로 태어나 남부럽지 않은 삶을 살았고 나름 만족스러웠다. 그러나 황자의 길보다는 무인의 길을 걸어가고 싶었다.

어차피 황제의 자리는 황태자로 책봉되는 황자가 차지한다. 그렇게 되면 남은 황자들은 허울뿐인 대공의 작위나 받아서 지루한 인생을 살게 될 게 뻔했다.

황자를 포함한 황족의 삶은 예정되어 있었기에 나라가 망하지 않는 이상에야 변화란 존재치 않는다.

오로지 정해진 대로 살아간다.

그 때문에 항상 공부는 뒷전으로 미루고 무술만을 수련했다. 남는 게 없는 공부에 할애하는 시간조차 아까워서다.

평민이나 하급 귀족이었다면 공부를 통해 출세를 보장받을 수 있을 것이다.

황족에게는 의미가 없어서 그렇지.

블레이드 킬러.

알칸시아 황가에 전해 내려오는 고대 살인 무술로써 황족
의 고귀한 몸으로 익히기엔 수련 방법이 너무도 지독했다.

팔다리가 부러지는 것은 경상에 속한다. 내장이 뒤틀리거
나 파열되는 건 다반사에 심하면 목숨까지 잃었다. 실제로 수
련을 하다가 오러 로드와 오러 홀이 터져 죽은 황족이 적지
않았다.

블레이드 킬러는 쌓이는 오러를 진동으로 변환하여 사용
한다. 경지가 깊어질수록 육체에서 발생하는 진동의 세기가
증가해 이를 응용하면 강철도 절단시키는 날카로운 절삭력을
얻게 된다. 공수에 두루 능해 가까이 접근하는 모든 것을 분
쇄하는 흉기로 변해 버린다.

총 5단계로 나뉘며 초대 황제를 제외하곤 수백 년의 제국
역사상 3단계 이상 성취한 후손이 없었다.

익히기가 까다로워 어느 사이 황족의 건강 유지를 도와주
는 목적으로 변질했고 탄트라 역시 시작은 비슷했다.

그러나 시간이 지날수록 블레이드 킬러가 주는 매력에 심
취했다. 나중에는 죽기 살기로 매달렸다. 나이를 먹을수록 경
지가 깊어졌다.

부러지고 터지고 깨지고를 반복해도 포기하지 않았다. 8살부터 시작된 수련은 15년 후인 23살이 돼서야 빛을 발했다. 4단계에 올라서서 모든 이들을 경악하게 만들었다. 황제조차 놀라서 칭찬했을 정도이다.

다른 황자들의 경우, 2단계도 제대로 익히지 못하고 지쳐 떨어졌다는 것을 생각하면 대단한 성과였다.

본래 탄트라는 시녀였던 어머니 탓에 다른 황족들과 똑같은 대접을 받지 못했다. 남들이 볼 때는 황제의 고귀한 피를 이었다고 하겠지만 정작 그들 사이에선 서자에 불과했다.

하지만 힘을 얻자 보는 눈빛들이 달라졌다. 젊은 기사 중에선 아무리 실력이 뛰어나도 탄트라의 상대가 없었다. 심지어는 기사단장급의 무인들도 혀를 내둘렀다.

정확한 실력 측정을 위해 황제의 명령을 받은 제국 십대기사의 한 명이 직접 나서서 대련에 들어갔다.

무승부.

충격적인 결과였다.

비록 십대기사의 말석이라도 엄연한 제국의 기둥이다. 그런데 고작 23살의 어린 나이에 그와 동수를 이뤄낸 것이다.

아무런 지지 세력 하나 없는 황위 계승 서열 최하위의 황족이 누구도 무시하지 못하는 강력한 황태자 후보로 올라섰다. 순전히 본인의 능력으로 이룩한 결과였다.

블레이드 킬러를 수련하며 자연적으로 몸에 쌓인 날카로

운 예기가 서릿발처럼 휘날렸기에 오러를 익힌 강자가 아니면 그의 앞에서 제정신을 유지하기가 힘들었다. 보고만 있어도 느껴지는 위압감에 추종하는 귀족이 하나둘씩 늘었다. 그럼에도 탄트라의 관심은 오로지 무술에만 쏠려 있었다.

그렇게 2년이 더 흘러 그의 나이가 25살이 됐을 때 일이 터졌다.

황제의 붕어.

문제는 황태자를 지정하지 못한 데서 발생했다. 알칸시아 제국은 삽시간에 난장판으로 변했다. 귀족들의 세력을 등에 업은 황자들이 서로 황제가 되기 위해 치열한 암투를 벌였다. 종국에는 골육상잔으로까지 번졌다.

더럽고 추악했으며, 끔찍했다.

대체 황제의 자리가 무엇이라고 형제들을 죽여서라도 차지하려는지 이해할 수가 없었다. 그나마 자신은 혼자이고 서자이니 그렇다 치자. 그들 사이에는 한 어머니 배에서 태어난 친형제지간도 있었다. 그 꼴이 보기 싫어 제국에 부는 피바람을 틈타 조용히 황궁을 빠져나왔다.

그렇게 몇 년의 시간이 흘렀다.

그동안 탄트라는 마수 헌터로서 꽤 만족스러운 삶을 살았다. 황자로 살 때와는 또 다른 재미가 있었다. 그냥 이렇게 살다가 죽는 것도 나쁘지 않을 만큼 평화로웠다.

그런데 형제들을 전부 죽이고 황제로 등극한 이 황자가 수백에 달하는 어쌔신을 보냈다. 후환을 없애기 위함이었다.

뱀처럼 차갑고 잔인한 성격인 건 진작 알고 있었다. 그래도 이리 지독하게 나올 줄은 상상도 못했다. 자신이 황위에 욕심이 없다는 것을 알면서도 거슬린다는 이유로 죽이려 했다.

당장에 황궁으로 쳐들어가 목을 자르고 싶었다. 그러나 어쌔신의 수가 너무나 많은 탓에 살길도 막막했다.

살기 위해 도망쳤고, 도망치기 위해 피어 마운틴으로 숨어들었다. 그 결과, 팔이 잘린 병신이 되어 반 시체가 된 몸뚱이로 동굴 속에 처박혀 버렸다.

'살아 나갈 수 있을까?'

피어 마운틴은 고대어로 공포의 산맥이라 불린다.

아르벤드 대륙의 사대금역 중 한곳으로 수많은 종류의 육상, 비행 마수가 출몰하며 바깥에서 위험하다 알려진 5~6급의 상급 마수들도 이곳에서는 한낱 먹잇감에 불과했다.

중심부 쪽으로 들어갈수록 훨씬 무섭고 강력한 마수들이 먹이사슬의 정상을 구성하고 있었다. 규모만 해도 알칸시아 제국의 두 배가 넘는 땅덩이 때문에 길을 잃으면 산목숨이라 보기 어려웠다.

하지만 이미 벌어진 일이니 돌이킬 방법은 없었다.

'졸리다.'

포만감과 피로가 겹치자 눈이 저절로 감겼다. 참아보려 노력해도 소용없었다. 정체 모를 동굴에서 무방비 상태로 잔다는 건 자살행위였다.

'못 버티겠어.'

육중한 피로감이 이성을 짓눌렀다.

'모르겠다.'

될 대로 되란 식으로 정신을 놔버렸다. 이젠 하늘이 돕길
바라는 수밖에 없었다.

제1장

생존을 위하여

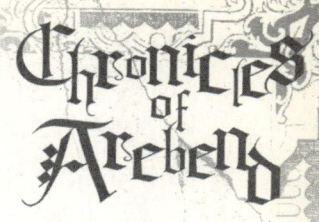

탄트라가 어두운 동굴 속에서 생활한 지도 꽤 오랜 시간이 흘렀다. 빛을 확인할 수 없어서 정확한 시간 측정이 불가능했지만 많이 지났다는 것 정도는 체감할 수 있었다.

치료에만 집중한 덕분에 전신에 새겨진 자상은 완치됐고, 왼팔의 절단면에는 이제 겨우 붉은 새살이 돋아나서 아직은 안정이 필요했다. 잘못하다간 아물기 시작한 상처가 도로 벌어질지도 몰랐다.

앞으로 대략 일주일 정도를 버틸 식량이 남아 있다. 그쯤 되면 왼팔의 상처도 회복될 듯 보였다.

그리고 그때부턴 새로운 난관에 봉착하게 된다. 어떤 생물이든 먹지 않으면 죽는다. 탄트라도 사람이기에 먹어야 했으며 그러려면 이곳을 빠져나가 식량을 구해야 한다.

피어 마운틴에서 식량을 구한다?

지나가던 개도 웃지 않을 소리다. 언제 죽을지 모를 판국에 식량을 구한다니. 그나마 탄트라가 뛰어난 경지에 오른 무인이라서 이런 생각을 하는 것이다. 웬만한 사람이었으면 지금쯤 포기하고도 남을 시간이었다.

'이곳이 어디인지가 중요하다.'

공포라 불리는 피어 마운틴에도 헌터들의 활동 지역은 존재했다. 깊숙한 곳이 아니라면 곳곳에 사람의 손을 탄 흔적이 남아 있을 것이다

그것을 지표로 삼아 빠져나가면 된다.

'폭포를 타고 어디까지 흘러왔을까?'

폭포 전까지의 길은 완벽하게 외웠다. 폭포 근처만 찾으면 이곳에서 빠져나가는 게 가능했다.

문제는 아주 깊숙한 지역, 즉 중심부 쪽으로 흘러들어 왔을 때다.

헌터 생활을 했던 몇 년간의 시간 속에도, 방대한 서적을 자랑하는 황궁 도서관에도 사대금역의 중심부에 관한 내용은 없었다.

그야말로 미지의 세계였다.

헌터들이나 학자들의 소견으론 3급 이상의 최상급 마수들

이 대규모로 서식할 거라는 추측뿐이었다.

'지금의 내가 4급 마수를 이길 수 있을까?'

전성기 시절에는 어렵게나마 몇 번 잡아봤다.

그러나 지금은 한쪽 팔이 잘린 상태이다. 예전의 기량을 내보이긴 요원했다.

탄트라는 눈을 감고 헌터 생활을 하며 잡았던 마수 중에서 가장 강력하고 까다로웠던 4급 마수 패러 사이트 버그를 상상했다.

작은 시골 영지의 옆에 붙은 늪지대를 서식처로 삼았던 그놈은 영지 주민들을 납치해서 뱃속에 알을 까놓아 새끼들의 영양분으로 내줬다.

영주는 공포에 떠는 주민들을 안심시키려고 몇 번이나 헌터 지부에 의뢰를 넣었지만, 적은 보수 탓에 헌터들을 움직이지 못했다. 왕궁에서도 보낼 전력이 없다면서 무관심으로 일관했다.

영지를 살려달라며 평민이었던 헌터 지부장에게 무릎 꿇고 빌던 늙은 영주가 아직도 기억에 선명하게 맺혀 있다.

영주가 절망에 빠져 허우적거릴 때 탄트라가 움직였다.

당시 S급 헌터로 명성을 떨쳐 울리던 그는 황궁이나 이곳이나 정 없는 인간들에게 환멸을 느꼈다. 당장 헌터 지부를 통해 의뢰를 받아들이고는 곧바로 시골 영지로 향했다.

영지 주민의 도움으로 패러 사이트 버그의 서식처를 발견했고, 블레이드 킬러를 전력으로 개방하여 패러 사이트 버그들과 전투에 들어갔다. 진동의 절삭력 때문에 새끼들은 근처에 다가오지도 못하고 조각났다.

그러나 새끼와 달리 성체는 진동을 뚫고 상처를 입힐 능력이 있었다. 무려 반나절가량을 싸웠으며 죽기 직전까지 가서야 겨우 승리했던 기억이 있다.

'못 이긴다.'

탄트라의 상념이 깨어졌다.

그리고 낙담했다. 가상으로 붙어본 전투에서 패배했다. 새끼들이 없는 상태에서도 결과는 마찬가지였다. 팔이 잘린 몸뚱이로는 예전의 기량을 내보일 수 없었다. 쌍검을 사용하는 검사에게 검이 하나만 주어진 딱 그런 상황이다.

그 뒤로도 가상의 대결은 계속됐다.

한 마리일 경우 5급 마수까지는 이겼다. 4급은 약한 놈들과 싸워도 잘해봐야 동사(同死)였다. 이건 좋지 않았다. 살아남을 가능성이 줄어들었단 것과 같았으니까.

'어쩔 수 없다.'

상실감이 없다면 거짓말이다.

그래도 자신에게 주어진 운명이라면 피할 수 없었다. 질질 끌어봐야 피폐해질 뿐이다. 하루빨리 받아들여야 마음이 편안해진다.

'오늘은 이 동굴 좀 살펴봐야겠다.'

잡념을 털어내려면 움직이는 게 최고였다.

'혹시 모르니까 조심해야지.'

탄트라는 동굴에서 깨어난 순간부터 육성을 내뱉은 적이 없었다. 오로지 속으로만 생각했다. 감각의 범위 내에 아무것도 없다고 해서 결코 안전한 지역은 아니었다.

다만 그가 자리 잡은 웅덩이는 휴식을 취하기에 최적의 조건을 갖추고 있었다. 공간이 워낙 한정돼 있어서 대형 마수가 들어올 수 없는 구조였다.

식량만 충분하다면 이곳을 안식처로 삼아 주변을 탐색해 나가는 식으로 길을 찾는 것도 가능해 보였다.

'천천히 가보자.'

혹시 모를 위험에 대비해 전신에 오러를 둘렀다. 이것은 보호의 목적보다는 체온이나 냄새 등을 외부로부터 차단하기 위해서였다.

이렇게 하면 마수의 오감 중 시각과 청각만 조심하면 됐다.

바깥으로 나가려면 웅덩이 방향으로 흐르는 물살을 반대로 밀고 가야 했는데 흐름이 약하여 큰 어려움은 없었다.

스윽.

고작 몇 미터 거리에 불과해도 웅덩이를 벗어나긴 처음이다. 하긴 나올 생각 자체를 못했다. 오로지 상처 치료에만 정신이 팔려 있었으니 다른 곳에 신경 쓸 겨를이 없었다.

'음.'

축축하고 음습했다. 동굴이 갖는 특성을 생각하면 그마저도 특별하지 않고 그냥 평범해 보였다. 제발 마음 놓고 치료에 전념할 수 있도록 마수가 없기를 기도했다.

바깥으로 나갈수록 동굴 내부가 복잡해지고 넓어졌다. 머릿속으로 지나온 길을 외워두길 잘했다고 생각했다. 이건 되돌아가기가 어려울 정도였다.

쉬익.

'소리.'

탄트라의 움직임이 멈췄다. 어딘가에서 바람 빠지는 듯한 가느다란 숨소리가 들려왔다. 동굴 속이라서 정확한 방향을 예측하기가 모호했다.

'어디지?'

뒤를 쳐다봤지만 아무것도 없었다.

'조심하자.'

마수의 숨소리가 분명했다. 강한지, 약한지, 종류는 뭔지에 관한 기준이 불명확한 상태에서는 무조건 조심하는 게 좋았다.

최대한 몸을 숙여 자세를 낮추고 어두운 길만 골라서 이동했다. 이런 어두운 동굴에서 생활하는 마수라면 시각이 퇴화했을 가능성이 높았다.

'비린내?'

가까워지고 있단 증거일까?

일정 범위를 넘자 조금씩 비린내가 풍겨왔다. 냄새는 걸음을 옮길 때마다 심해졌다. 서식 환경과 냄새로 보아 특정 지어서 설명하진 못해도 몇 가지로 좁힐 수는 있었다.

비린내가 코를 찌를 만큼 심해질 때쯤 갈림길이 나타났다.

탄트라는 물의 움직임을 관찰했다. 한쪽에서는 빠르게 흐르는 물살이 여러 길을 타고 나뉘었다. 다른 한쪽은 잔잔한 편이었다. 경험상 흐르는 쪽은 입구로 보였고 잔잔한 쪽이 마수의 서식처 같았다.

쉬이익!

역시나 예상이 맞아떨어졌다.

잔잔한 쪽으로 이동하자 바람 빠지는 소리가 선명하게 들렸다. 한 마리가 연속으로 내뱉는 건지 여러 마리가 번갈아가며 내뱉는 건지는 알 수 없었다.

잠시 뒤면 알게 될 것이다.

탄트라는 혹시 모를 기습에 대비해 후미를 경계하며 감각을 광범위하게 넓혔다. 외갈래 길이라서 등 뒤로 다른 마수가 접근하면 꼼짝없이 마주쳐야 했다.

그래서 주의가 필요했다.

'하나, 둘, 셋, 넷, 다섯 마리?'

기감에 포착된 마수의 숫자는 다섯 마리였다.

탄트라의 안색이 눈에 띄게 나빠졌다. 마수의 등급이 최소 6급만 되어도 상황이 불리하게 돌아간다. 벽에 몸을 붙이고 살며시 고개만 꺾었다. 그러자 강렬한 비린내와 바람 빠지는 소리가 천둥처럼 코와 귀를 스쳐 갔다.

내부가 어두워서 식별이 어려웠다. 오러를 눈으로 집중시켜 시야를 확보했다. 어두웠던 내부가 환하게 밝아지며 마수들의 모습이 탄트라의 눈을 타고 뇌리에 각인됐다.

'맙소사…….'

나빠진 안색이 절망으로 물들었다.

*　　*　　*

탄트라는 마수의 종류를 눈으로 확인하자마자 기척을 죽이고서 안식처로 돌아왔다. 약한 놈이었다면 그 자리에서 죽였을 것이다.

'하! 타이탄 파이선이라니.'

이건 해도 해도 너무했다.

타이탄 파이선은 파충류 계열의 5급 마수로서 성체 기준 20미터 길이에 두께는 성인 허리의 서너 배에 달하는 대형 뱀이었다. 전체적인 색은 파란색이고 독은 없다. 빽빽이 들어선 톱날 같은 이빨로 물어뜯거나 두꺼운 몸통으로 휘감아서 뼈를 부서뜨리는 식으로 사냥한다. 주로 어두운 동굴에서 서식하며 시각과 후각이 퇴화한 데 반해 열 감지와 청각이 비약적으로 발전된 마수이다.

타이탄 파이선과는 싸워본 적이 있어서 잘 알고 있다. 강하긴 해도 한 마리였다면 이미 죽이고 왔을 텐데, 다섯 마리가 주는 압박감에 조용히 물러섰다.

숫자도 숫자였지만 암놈으로 보이는 놈의 크기를 생각하면 진저리가 쳐졌다. 다른 수놈들보다 반 배는 더 컸다. 족히 30미터는 돼 보였다. 당연히 강할 것이고 어쩌면 4급 마수와 맞먹을 수도 있었다.

본래 타이탄 파이선은 단독 생활을 해서 영역이 겹치지 않는다. 그러나 해마다 딱 한 번 영역이 겹치는 시기가 발생한다.

그때가 바로 발정기였다. 이 시기가 되면 암놈에서 분비되는 페로몬 냄새를 맡은 수놈들이 사방에서 한곳으로 몰려든다.

탄트라가 본 장면은 암컷이 자신을 찾아 몰려든 수놈들과 뭉쳐져 교미하는 모습이었다. 놈들의 발정기는 일주일 정도 이어진다고 알려졌다.

마침 식량도 그쯤 비슷하게 남은 상태이다. 하루빨리 몸을 회복해서 대책을 연구해야 했다.

이런 상황에선 수놈들이 모두 떠나도 결코 안전하다고 볼 수 없었다. 엄청난 덩치를 지닌 암놈의 서식처란 게 첫째고, 새끼들이 태어나면 이곳저곳을 돌아다닐 거라는 게 둘째이다. 타이탄 파이선은 교미가 끝나면 하루 만에 알을 낳고 알은 며칠 만에 부화한다.

가히 어처구니가 없는 속도다. 놈들이 교미를 언제부터 시작했는지는 불분명해도 상황을 보건대 조만간 새끼들이 태어날 것이다.

한 번에 부화하는 새끼의 숫자는 무려 백여 마리에 달한다. 대부분 마수나 헌터들에게 잡혀서 개체 수가 많이 남지는 않는다. 타이탄 파이선의 새끼들은 호기심이 많아서 사방을 들쑤시고 돌아다녀서 그렇다.

이런 한정된 공간에서 낳는다면 동굴 전체를 헤집고 다닐 것이다. 그리되면 구석에 있는 안식처가 들통 나는 건 시간문제였다.

'생각하자.'

여러 가지 가정에 따라 가장 좋은 방법을 결정해야 한다. 지금 나가려 해도 입구 바로 옆이 놈의 서식처이다. 잘못하면 나가려는 상태에서 마주칠 가능성이 높았다.

하여 수놈이 떠나는 시기를 예측해 동굴을 빠져나가는 게 그가 생각하는 제일 나은 방법이었다.

사방이 어둡고 물 천지이다.

놈에겐 최적이지만 탄트라에게는 최악의 지형으로 어물거리다가 동굴 내부에서 전투라도 벌어지면 필패였다.

'나가서도 문제다.'

이곳을 나가면 새로운 안식처를 찾아야 한다. 노숙은 위험했다. 식량도 떨어지고 있었기에 일주일 후부턴 먹을 것을 걱정해야 한다. 마수는 식량으로 쓰지 못한다. 독성을 내포하고 있어서 먹는 순간 중독된다. 해독은 가능해도 그런 쓸데없는 데 오러를 낭비할 여력은 없었다.

'동물이 있을까?'

탄트라는 자신이 생각해도 웃긴지 실소를 지었다. 마수들도 잡아먹히는 판에 동물이 남아 있을 리가 없었다. 혹여 남아 있어도 잡는다고 장담하기 어려웠다.

실제로 동물 중에는 최상급 마수보다 강력한 놈이 몇몇 존재했다. 동물 주제에 마수를 찢어 죽이는 괴물 같은 능력을 지니고 있어서 실력 있는 헌터들도 피해 가기 일쑤였다. 그러니 마수들이 들끓는 피어 마운틴에서 살아남았다면 뭔가 특별한 능력이 있을 것이다.

전투 능력이든 뭐든 간에 말이다.

'좋아.'

식량이 바닥나기 전에 동굴을 빠져나가기로 마음을 굳혔다. 안식처를 찾고 식량을 구하려면 그동안 버틸 수 있는 밑바탕이 필요했다. 이곳에서 전부 소모하는 것보단 비축분을 지니고 있어야 난감한 상황을 피할 수 있으리라.

'3일 뒤에 빠져나가자.'

교미가 끝나 수놈들이 떠나고 알을 낳은 상태라면 알을 지키려는 모성애의 영향으로 기척을 느껴도 서식처를 벗어나지 않을 것이다.

만약 암놈이 알을 낳고도 혼자서 따라온다면 영양분을 상당수 빼앗겨 많이 약해졌을 테니 기회 삼아 없애 버리고 알도 없애서 완벽한 안식처로 삼는 방법도 괜찮았다.

우웅!

탄트라는 오러를 조절해 왼팔로 집중시켰다. 하루빨리 상처를 회복시켜야 했다. 3일이면 빠듯하긴 해도 불가능한 일은 아니었다.

*   *   *

왼팔의 절단면이 완벽하게 아물었다. 애당초 없었던 것처럼 아무런 감각도 느껴지지 않았다.

슈슈숙!

동굴을 벗어나기 전, 마지막으로 육체를 점검했다.

인간이라면 팔이 갖는 비중을 무시하지 못한다. 손가락이나 발가락 하나만 절단돼도 균형이 어긋난다. 팔이 통째로 잘려서 그런지 다가오는 괴리감이 엄청났다.

탄트라는 자신의 육체 균형이 오른쪽으로 쏠린단 사실을 정확하게 인지했다. 그러나 어쩔 도리가 없었다. 앞으로 계속해서 겪어야 할 현상이기에 하루빨리 익숙해져야 한다. 그나마 동굴 속에서의 생활로 어느 정도 불편함이 사라져 있다는 게 다행이라면 다행이었다.

'가자.'

구석에 내려놨던 공간 가방을 다시금 등에 멨다. 이만한 안식처를 찾기가 쉽지는 않을 것이다. 그렇다고 눌러앉을 상황은 더더욱 아니었다.

쏴아아아!

차가운 물에 몸을 담그자 시원한 감각이 전신을 지배했다. 탄트라는 반대로 흐르는 물살을 밀어내며 앞으로 나아갔다. 안식처에서 타이탄 파이선의 서식처까지는 채 10분도 안 되는 거리여서 움직임 하나에도 조심해야 했다.

쉬익.

일정 지점에 도달하자 소리와 함께 역한 비린내가 풍겨왔다. 이에 탄트라는 감각을 최대한으로 넓혔다.

'아직도 교미 중이군.'

수놈들이 떠나지 않았다. 며칠 전 발견했을 때는 시작한 지 얼마 지나지 않은 상태였던 듯했다. 이렇게 된 이상 그냥 나가는 수밖에 없었다. 한 마리라면 몰라도 다섯 마리를 상대하다간 제명에 못 죽는다.

갈림길까지 올라와서 물살이 흐르는 쪽으로 몸을 틀었다. 동굴을 벗어나는 순간부터 피어 마운틴 내에서의 진정한 생존경쟁이 시작될 것이다.

'큭.'

탄트라는 전신에 두른 오러를 조절하여 얇은 막 형태로 줄였다. 입구와 가까워질수록 밝아지는 태양 빛이 피부를 따끔따끔하게 만들었다. 이것도 차차 익숙해져야 했다. 오랜 시간 동안 어두운 동굴에서 생활한 작은 후유증이었다.

빛이 사그라지며 나타난 바깥의 풍경은 투명하고 맑은 호수였다. 어찌나 맑은지 물속에서 헤엄치는 물고기들의 움직임이 세세하게 보였다.

가까이 가면 도망치는 것을 보니 마수처럼 보이지는 않았다. 예상과는 달리 물고기가 있어서 식량 걱정은 제쳐 놔도 될 듯싶었다.

탄트라는 호수에서 빠져나와 구석구석을 살펴봤다. 규모는 그리 크지 않았다. 상류에서 내려오는 물줄기가 호수를 타고 동굴로 흘러들고 있었다. 저 물줄기에 떠밀려 왔을 것이다.

'완전히 무방비 상태였겠군.'

얼마나 운이 좋았었는지를 그제야 실감했다.

잘못해서 다른 마수의 서식처나 타이탄 파이선의 코앞으로 흘러갔다면 어찌 됐을지는 상상에 맡기겠다.

여하튼 호수를 타고 오르다 보면 폭포를 발견할 가능성이 높아 보였다. 이 넓은 산맥에 물길이 한 갈래로만 이어질 확률은 매우 낮았다. 그래도 지금으로써는 시도해 볼 가치가 충분했다.

"아름답다."

얼마 만에 내뱉는 육성인지 모르겠다. 풍성한 나뭇잎을 자랑하는 나무들과 맑은 호수는 감탄을 자아내는 아름다움을 뽐내고 있었다. 여유롭게 풍경을 즐기고 싶었지만 장소가 장소이다 보니 그도 어려웠다. 마냥 넋을 놓고 쳐다보기에는 가진 목숨이 하나밖에 없었다.

고개를 돌려 상류 쪽을 훑어봤다. 무성한 수풀 탓에 길이 꽤 험해 보였다. 아무래도 만들면서 가야 할 듯했다.

쉬익.

"이런."

천천히 상류 쪽으로 이동하던 탄트라가 돌연 움직임을 멈췄다. 후미에서 코를 찌르는 비린내와 살기가 느껴졌다. 눈을 내리깔아 빛에 반사되는 그림자를 확인했다. 기다란 유선형의 몸체를 지닌 무언가가 거리를 좁혀오고 있었다.

오러를 아끼려고 감각을 최소화시킨 지 얼마 되지도 않았는데 그 짧은 시간에 뒤를 잡혔다. 동굴을 나오자마자 이러면 앞으로는 어떨지 저절로 그림이 그려졌다.

"더 있었나?"

분명 동굴 내부에 다섯 마리가 남아 있는 것을 확인했다.

이유야 어찌 됐든 이미 들켜 버렸다. 숨거나 도망칠 생각은 없었다. 무작정 숲을 헤집고 다니다가 다른 마수의 영역을 침범하기라도 하는 날에는 표적이 돼버려 애꿎은 적만 늘어날 것이다.

마침 동굴이랑 거리도 적당히 떨어졌다. 다른 타이탄 파이선은 듣지 못할 것이다.

"네놈 숨통 끊어지는 소리를."

탄트라의 얼굴에 잔인한 미소가 서렸다.

파앙!

도약의 충격으로 지면에 선명한 발자국이 찍히며 하늘로 솟구쳤다.

쉬익!

그러자 빠른 속도로 바닥을 쓸고 지나가는 거대한 그림자가 모습을 드러냈다. 징그러운 파란 비늘로 둘러싸인 20미터 길이의 수놈 타이탄 파이선이었다.

부아아앙!

수만 마리 이상의 벌 떼가 날갯짓하는 소리가 울리며 블레이드 킬러가 개방됐다. 육체에서 발생한 황금빛 물결이 대기까지 흔들었다.

그가 오른팔을 밑으로 내리긋자 선명한 오러가 공기를 가르고 날아갔다. 위협을 느낀 타이탄 파이선은 유연한 몸을 이용해 목만 옆으로 꺾었다. 모가지를 자르려고 날아간 공격이 땅거죽을 후려 베자 날카로운 상처가 생기며 지면이 깊게 파였다.

체공 중이던 탄트라가 중력에 의해 밑으로 떨어졌다. 그것이 기회로 보였는지 타이탄 파이선이 낚아채 버릴 기세로 톱날 같은 이빨을 들이밀며 빠르게 접근했다.

팡!

블레이드 킬러의 이동 기술 에어 점프가 펼쳐졌다. 땅으로 떨어지던 탄트라가 공중을 발로 살짝 건들자 그 반동으로 육체가 다시금 하늘로 퉁겨졌다. 졸지에 허공을 물어버린 타이탄 파이선의 머리통이 노출됐다.

쾅!

키아아!

장대가 휘어지듯 벌어진 탄트라의 왼발이 타이탄 파이선의 머리통을 내려쳤다. 폭음이 터지는 소리와 함께 짓누르는 압력을 버티지 못하고 땅바닥에 처박혔다. 확실히 5급 마수 정도 되면 상대하기가 쉽지 않았다. 종류가 어떻든 간에 급에 맞는 강함을 소유하고 있었다.

"큭! 아프군."

오러를 두른 왼발이 찌르르 울렸다. 그래도 공격은 제대로 들어갔는지 타이탄 파이선이 휘청거리면서 몸을 가누지 못하고 있다.

파팟!

정신을 차리기 전에 끝내려면 지금이 기회였다.

블레이드 헬.

발생하던 진동이 한순간에 몇 배로 증폭되며 거기에 맞춰

분출되자 수십 개에 달하는 오러가 쏟아져 나갔다. 공기가 터지며 찢겼다.

피할 공간 전체를 점했기에 단단한 푸른 비늘이 허무하게 갈라지고 가죽도 걸레 조각으로 변했다. 역한 피가 사방으로 튀며 푸른 몸뚱이가 순식간에 붉게 물들었다.

꿈틀꿈틀 경련을 일으켰지만, 상처가 엄중하여 살아남기는 글러 보였다. 근육이 뭉텅이로 잘려서 고개조차 들지 못하는 모습을 보니 안심해도 될 듯했다.

"힘들다."

간단하게 죽인 것처럼 보여도 실상은 그렇지 않았다. 블레이드 헬은 육체를 감싸는 진동을 일시에 폭발시켜 본래의 능력을 강화시켜 주는 위험한 기술이었다.

조금 전처럼 수십, 수백 개의 오러를 날려 적을 격살시키는 공격에도 응용되지만, 방어에도 응용되기에 여러모로 유용했다. 그러나 오러 소모가 심하고 육체가 버티는 데도 한계가 존재했으므로 웬만하면 사용하지 않는 편이 좋았다.

그럼에도 무리를 한 것은 타이탄 파이선의 서식처 문제도 있고 혹시라도 소리를 듣고 다른 마수가 찾아오지 않을까 하는 초조함에서였다.

"피 냄새에 마수들이 반응할지도 모르니 움직이자."

탄트라는 마지막 숨통을 끊지 않았다. 어차피 가만두면 알아서 죽을 것이다. 소모되는 오러도 아까웠고 귀찮기도 했다.

차라리 그 시간에 조금이나마 이동을 하는 게 이득이었다.

콰드득!

"어?"

뭔가가 부러지는 소리에 시선이 옆으로 돌아갔다. 그곳에는 덩치가 9~10미터쯤 돼 보이는 거대한 마수가 타이탄 파이선의 모가지를 한 손으로 움켜쥐고 목뼈를 으스러뜨린 다음 탄트라를 내려다보고 있었다.

"트윈 헤드 오거!"

탄트라가 기겁하여 외쳤다. 마수도감에서 보던 것과 실제로 보는 것은 차원이 달랐다. 지금까지 봐온 마수들과는 비교 자체를 허락하지 않았다.

뛰어난 실력을 지닌 헌터들과 대륙의 기사들이 왜 3급 마수부터는 피하려고 애를 쓰는지 몸으로 이해하는 순간이었다.

이런 사태를 피하려고 무리를 감행하면서 블레이드 헬을 사용했는데 그새를 못 참고 다른 마수가 나타났다.

쭈아아악!

트윈 헤드 오거가 양손으로 타이탄 파이선의 입을 잡아 양 옆으로 찢어버렸다. 큼지막한 내장들과 핏물이 떨어지며 야생의 잔인함을 그대로 보여줬다.

'정신 차려라!'

지금 그런 걸 감상할 여유가 없었다.

크르르르!

전체적인 색은 진한 갈색이다.

털 하나 없이 번들대는 한 쌍의 머리에 지방 하나 보이지 않는 완벽한 근육으로 둘러싸여 있다. 마치 철갑으로 무장된 갑옷을 보는 것 같은 느낌이다. 엄청난 중압감이 탄트라의 정신을 압박했다.

'미치겠군.'

트윈 헤드 오거는 탄트라가 전성기 시절로 돌아가도 이기지 못할 정도로 강력했다.

철퍼덕!

찢긴 사체를 땅바닥에 내팽개친 트윈 헤드 오거가 탄트라를 보며 침을 질질 흘렸다.

'인간을 먹어봤구나.'

놈의 반응을 보니 대충 짐작이 갔다. 마도협회에서 발표한 연구 결과에 따르면 마수들은 독성이 없는 인간이나 동물의 고기에 큰 매력을 느낀다고 했으며, 한번 맛이 들리면 마수의 고기는 거들떠도 안 본댔다. 탄트라도 헌터 생활을 하며 그런 놈들을 수도 없이 봤다.

'도망쳐야 한다. 하지만 어떻게?'

트윈 헤드 오거의 손에서 도망치기는 불가능에 가까웠다. 오거는 육중한 덩치와는 다르게 숲에서의 움직임은 굉장히 민첩했다. 더군다나 후각이 지독히 발달해 있어서 잠시 따돌려도 얼마 지나지 않아 금방 추적당한다.

슈아아악!

'큭!'

거대한 손바닥이 바람을 스치며 쇄도했다. 죽이려는 공격 같진 않았다. 위력적이었지만 타격 지점에서 묘하게 힘을 조절했다. 마치 상처 없이 사로잡으려는 것처럼 느껴졌다.

탄트라의 생각은 적중했다. 트윈 헤드 오거는 그를 온전한 모양으로 잡아먹을 생각이었다. 피 한 방울도 튀기지 않고 깔끔하게 먹으려면 힘 조절이 필요했다.

파파파팟!

잡으려는 자와 피하려는 자 간의 속도 대결이 펼쳐졌다. 정말이지 저런 거구에서 나오는 속도라곤 믿어지지 않을 만큼 빨랐다. 자리가 불편하면 유리한 곳으로 바꾸는 교활한 지능까지 갖추고 있어서 마수와 싸우는 것 같지가 않았다.

'이러다간 죽는다. 대책이 필요해!'

촤촤촤촤!

대기를 가르고 날아간 오러가 트윈 헤드 오거의 가슴팍을 무자비하게 가르고 지나갔다. 꽤 매서웠는지 두 팔을 들어 올려 얼굴과 가슴 쪽을 방어했다.

크륵?

트윈 헤드 오거는 자신의 튼튼한 가슴과 두 팔에 생긴 상처를 보며 고개를 갸웃거렸다. 겉가죽이 베어져 있었다. 살면서 상처를 입어본 기억이 손에 꼽을 정도로 적었다. 낯선 상황이 건만 화 같은 건 나지 않았다.

크카카카!

생각보다 탄트라의 반항이 거세자 크게 웃었다. 그럴수록 식욕이 왕성해졌다. 어서 빨리 쫄깃한 육질을 맛보고 싶었다.

이따위 상처쯤은 하루가 지나기도 전에 회복된다. 신경 쓸 필요도 없었다.

'전력으로 방출시킨 오러를 맞고도 겉가죽만 상했어?'

알칸시아 황가의 블레이드 킬러는 무조건 기본 공격에 날 카로운 공격이 동반된다. 단단한 바위도 갈라 버리는 위력의 공격을 맞고도 근육은커녕 겉가죽에 생채기만 남긴 것은 충격이었다.

주춤.

탄트라는 트윈 헤드 오거가 다가오자 저도 모르게 뒤로 물러섰다. 기세 싸움에서 밀려 버렸다. 대적 불가의 적이 내뿜는 포악한 기운에 온몸에서 땀이 흘러내렸다. 5단계의 경지에 올랐다면 이렇게 되진 않았을 텐데 눈앞이 깜깜했다.

철퍽.

'피?'

탄트라의 발밑으로 커다란 피 웅덩이가 만들어져 있었다. 웅덩이의 진원지에는 찢겨 죽은 타이탄 파이선의 처참한 사체가 널브러져 있었다.

"타이탄 파이선!"

맞다. 가까운 동굴 속에 타이탄 파이선이 다섯 마리나 존재했다. 마수들은 영역을 침범한 상대를 가만두지 않는다. 한 마리였다면 트윈 헤드 오거가 주는 압박감에 밀려 도망쳤겠지만, 수적 우위 탓에 싸울 확률이 높았다. 더욱이 암컷은 30미터가 넘는 변종이다.

어쩌면 이 난관을 벗어날 해결책이 생길지도 몰랐다. 탄트라는 서서히 뒤로 물러섰다. 동굴과는 거리가 있기에 거기까지 유인해야 했다.

파팟!

크어어엉!

그가 도망치자 트윈 헤드 오거의 피어가 사방 수 킬로미터까지 울려 퍼졌다. 최상급 마수의 피어를 맞자 정신이 아득해졌다.

'참아!'

이를 악물었다. 화를 돋우려고 날린 오러가 트윈 헤드 오거가 달려오면서 휘두른 팔뚝에 맞고 흩어져 버렸다. 저 멀리 동굴이 보였다. 타이탄 파이선의 청각이라면 전투 소리를 들을 것이다.

"하아!"

오러를 내포한 탄트라의 목소리가 호수를 타고 동굴 내부로 들어갔다.

크어어엉!

트윈 헤드 오거도 그에 질세라 피어를 내질렀다.

소리에 반응한 걸까? 잠시 뒤, 물결이 출렁거리는 모습이 포착됐다. 타이탄 파이선의 덩치를 생각하면, 그것도 다섯 마리가 한 번에 움직일 경우 수면이 잔잔함을 유지하기 어렵다.

탄트라는 몸을 오로로 감싸고 호수로 잠수했다. 혹시 모를 열 감지를 벗어나려는 꼼수였다.

키이!

다섯 마리의 타이탄 파이선이 동굴을 빠져나와 자신의 서식처 앞에 서 있는 트윈 헤드 오거를 보며 당장 이곳에서 나가라고 경고했다.

약한 마수였다면 경고고 뭐고 단번에 찢어 죽였을 것이다. 그러나 엄연히 자신들보다 강력한 포식자라서 되도록 싸우기 싫었다.

크라라라?

트윈 헤드 오거는 분노가 치밀었다.

수놈 네 마리는 별 볼일 없어도 암놈이 조금 걸렸다. 물론 암놈도 자신의 상대는 아니었다. 평소라면 눈도 못 마주칠 열등한 뱀 따위가 수적 우위를 믿고 기어오르는 꼴은 참을 수가 없었다.

크어어엉!

결단을 내렸다. 어차피 언젠가는 죽이려고 했다. 이 일대의 포식자는 몇 마리 없었다. 저놈들을 전부 죽이면 영역을 넓힐 수 있었다.

더욱이 저 멍청한 뱀 놈들은 감각이 한쪽으로 치우쳐져 있어서 맛있는 고기가 호수 속에 숨어 있는 것도 눈치 못 채고 있었다. 어서 놈들을 죽이고 허기를 채우고 싶었다.

키아아!

트윈 헤드 오거가 거부 의사를 밝히자 다섯 마리의 타이탄 파이선이 일시에 공격해 들어갔다. 이 지역을 다스리는 지배자 중 하나라고 해서 걸어오는 싸움을 피할 생각은 없었다.

콰콰콰콰!

아름다운 호수와 주변 경관이 마수들의 전투에 휩쓸려 삽시간에 난장판으로 변해갔다.

*   *   *

트윈 헤드 오거가 허리춤에 매달려 있던 나무 방망이를 뽑아 휘둘렀다. 강맹한 풍압이 생기며 다가오는 수놈 타이탄 파이선의 머리를 후려갈겼다.

뿌거거걱!

일격에 눈알이 튀어나오고 뇌가 터진 수놈은 그 자리에서 즉사했다.

위협을 느낀 다른 수놈들은 나무 방망이를 잡고 있는 손을 뜯어버릴 목적으로 달려들었다. 두 마리가 방망이 쪽 팔을 물었고 다른 한 마리는 반대쪽 팔을 휘감았다. 가장 크고 강한 암놈은 다리 전체를 조여서 넘어뜨리려고 했다. 서로 간의 근력 싸움이 벌어졌다.

우두둑!

트윈 헤드 오거가 전신에 힘을 불어넣었다. 가뜩이나 두꺼운 근육이 한층 크게 부풀었다. 그에 팔뚝에 이빨을 박아 넣은 수놈 두 마리의 입이 찢어지며 이빨이 박살 났다.

쾅!

팔이 자유로워지자 방망이를 땅에 박아놓고 반대쪽 팔을 휘감은 수놈의 멱을 움켜쥐어 짜버렸다. 수놈 타이탄 파이선은 기도를 구성하는 목 부근의 살과 근육이 뜯기는 끔찍한 고통에 팔에서 떨어져 파닥파닥했다. 피거품이 보글보글 새어나왔다. 숨을 쉬지 못할 테니 곧 죽을 것이다.

눈앞에서 수놈의 죽음을 목도한 암놈이 다리를 휘감은 상태에서 전력으로 조이자 트윈 헤드 오거의 다리가 한곳으로 모이며 뒤로 넘어갔다. 이빨이 부서진 수놈 두 마리가 그 틈을 타서 각기 양쪽 팔을 휘감고 아래로 내리눌렀다. 이로써 양팔과 다리가 완전히 봉쇄돼 버렸다.

크어어엉!

다리를 묶어버린 암놈이 긴 몸체를 이용해 트윈 헤드 오거의 왼쪽 머리를 물어버렸다.

트윈 헤드 오거는 날카롭고 긴 이빨이 파고드는 감촉에 목이 잘리는 것을 막으려고 목 부근의 근육을 한계까지 부풀렸다. 갈색 갑옷을 뚫고 튀어나온 흉측한 핏줄이 얼마나 강력하게 힘을 불어넣고 있는지를 여실히 보여줬다.

이대로는 위험했다. 목이 잘리는 파열음이 조금씩 들려오고 있었다. 트윈 헤드 오거는 남은 오른쪽 머리로 똑같이 암놈의 목을 물어뜯었다. 불시에 기습을 당하자 깜짝 놀란 암놈의 힘이 느슨해지는 그때 양다리를 확 벌렸다.

콰지지직!

압도적인 근력에 다리가 벌어졌다. 휘감고 있던 근육이 파열되며 암놈이 자지러지는 비명을 내질렀다. 어찌나 심했는지 파열된 부분에서 핏물이 흘러내릴 정도였다.

하체의 힘을 이용해 땅을 튕긴 트윈 헤드 오거는 양팔에 매달려서 자신의 전신을 물어뜯는 수놈들을 그대로 바닥에 내쳤다.

퍽퍽퍽퍽!

끊임없이 내려쳤다. 살이 뭉개지고 뼈가 부서졌지만 개의치 않았다.

트윈 헤드 오거의 뒤로 돌아간 암놈이 수놈들을 구하려고 물어뜯으면서 몸체를 흔들었다. 질기고 튼튼한 가죽이 찢기며 피가 흘러내렸다. 이빨이 근육도 훼손한 것이다. 아팠지만 버틸 만했기에 무시하고 계속해서 내려찍었다.

곤죽이 된 수놈들은 숨이 끊겼는지 축 늘어졌다. 이제 남은 건 암놈 한 마리밖에 없었다. 트윈 헤드 오거는 고통을 참으면서 몸을 일으켰다. 암놈은 순순히 몸을 일으키도록 보고만 있지 않았다. 꼬리를 휘둘러 등짝을 후려쳤다.

쾅!

트윈 헤드 오거는 등의 충격에 다시금 앞으로 나자빠졌다. 그런데 하필이면 넘어진 자리가 방망이가 꽂혀 있는 부분이었다.

푸욱!

가슴 부분이 뭉툭한 손잡이에 찔리자 한곳으로 집중되는 고통에 미친 듯이 발광했다. 암놈은 그러든 말든 트윈 헤드 오거의 숨통을 끊으려고 노력했다.

"이런 곳에서 살아남아야 한다고?"

탄트라는 진작 호수 바깥으로 나와서 멀찍이 떨어져 있었다.

눈으로 보는 마수들의 전투는 말로 설명하기 어려웠다. 저런 것들보다 강한 마수는 대체 무엇일지 죽더라도 꼭 보고 싶었다. 자리를 피해야 함이 옳았음에도 숨 막히는 전투에 정신을 빼앗기고 말았다.

크어어엉!

아무래도 상태를 보면 트윈 헤드 오거가 이길 것 같았다.

중상을 입었을 테니 살아남는 마수를 잡아 죽이거나 여기서 빨리 벗어나든가 결정해야 했다.

갈등이 생겼다. 만약 여기서 마수를 죽이면 일단은 안전이 보장된다. 이길 수 있을지가 문제일 뿐이지.

파팟!

탄트라는 도망치는 쪽을 택했다. 타이탄 파이선이 이긴다면 걱정할 필요가 없다. 반대로 트윈 헤드 오거가 이긴다면 냄새를 맡고 추적해 올 것 같았다. 남아 있다가 상대해 보려해도 이길 자신이 없었다. 그럴 바에야 차라리 도망치는 게 이득이었다.

탄트라가 호수 지역을 한참 벗어났을 때쯤 마수들의 전투도 결판이 났다.

퍽퍽퍽퍽!

트윈 헤드 오거는 물어뜯기는 고통을 참아내고 방망이를 뽑아 암놈의 머리통을 수십 번이나 내려쳤다. 그러고도 분이 풀리지 않자 양손으로 아가리를 잡고 찢어버려 시체를 잔인하게 헤집었다.

힘들었던 전투를 끝내고 잠시 멍하니 앉아 있다가 원래의 목적을 떠올리고서 탄트라가 빠졌던 호숫가로 걸어갔다.

다른 곳에 정신이 팔린 사이 도망치고 없었다.

쿵쿵!

트윈 헤드 오거의 시선이 한 방향에 고정됐다. 냄새로 봐서는 호수를 타고 상류 쪽으로 올랐을 것으로 추측됐다. 멍청한 짓이었다. 그곳에는 이 지역 일대를 다스리는 또 다른 포식자의 영역이 존재했다.

따라가려 해도 몸 상태가 이래서는 먹이 쟁탈에서 승리할 수 없었다. 아무리 맛있어도 목숨을 버릴 정도는 아니었다.

쿵쿵!

트윈 헤드 오거는 미련을 버리고 자신의 서식처로 돌아갔다. 중상을 입었기에 당분간은 푹 쉬어야 했다.

전투의 현장에는 잔인하게 해체된 뱀들의 주검이 피비린내를 풍기고 있었다.

물론, 그마저도 며칠이 지나면 사라지리라.

이곳은 피어 마운틴이었으니까.

제2장

그레이트 오크

꾸어어엉!

커다란 바위가 미노타우루스의 주먹질 한 방에 균열을 일
으키며 박살 났다. 숲은 이미 예전의 형태를 잃어버렸다. 탄
트라와 마수의 격렬한 전투로 움푹움푹 파인 지면과 널브러
진 파편만이 가득했다.

파파파팟!

무수한 변화를 내포한 탄트라의 발이 미노타우루스의 정
강이 쪽을 집중적으로 가격했다.

상급 마수들의 가죽과 근육은 질기고 촘촘해서 공격 범위
를 한정 지어 집요하게 물고 늘어져야 했다. 여러 군데를 나

뉘서 공격하는 방법은 쓸모가 없었다.

생각 같아선 블레이드 헬을 사용해 육편으로 만들고 싶었지만, 며칠간의 지옥은 그러할 여력을 앗아갔다.

푸화아악!

연속적인 공격을 버티지 못한 미노타우루스의 정강이가 반으로 잘리며 중심을 잃고 한쪽으로 기울었다. 뼈가 부러진 것도 아니고 잘렸으니 서 있지 못하는 게 당연했다.

탄트라는 넘어지는 미노타우루스의 허벅지를 밟고 새처럼 날아올랐다. 한쪽 다리에만 전력으로 오러를 응축하여 그어 버리자 절삭력을 버티지 못한 두개골이 반으로 쪼개졌다.

뇌까지 갈라 버렸기에 살아남을 수는 없었다.

쿠웅!

4미터의 거구가 힘을 잃고 쓰러지는 충격에 지축이 흔들렸다.

"후우!"

혼자 사는 젊은 수놈이라서 다행이었다. 미노타우루스는 가족 단위로 행동하여 재수가 없으면 몇 마리를 동시에 상대해야 하는데 그쯤 되면 탄트라도 승부를 장담하지 못한다. 하물며 다 죽어가는 상태로는 더더욱 어림도 없었다.

"제길!"

요 며칠 사이 생사의 기로를 오락가락했다. 지금도 이어지고 있으며 앞으로도 이어질 것이다. 어쩌면 죽기 전까지는 끝나지 않을지도 모른다.

상류를 타고 오른 지 정확히 일주일이 지났다. 그 짧은 시간 동안 셀 수도 없을 만큼 많은 습격을 당했다. 그나마 대부분이 5~6급 마수였기에 죽지 않고 버틴 것이다.

오러를 두르고 이동할 때는 괜찮았다. 문제는 잠깐이라도 풀면 바람을 타고 퍼지는 살냄새에 반응한 마수들이 떼거리로 몰려와서 가만두지를 않았다.

놈들은 휴식을 취할 틈을 주지 않았다. 조금 전 상황만 해도 잠깐 졸면서 몸에 두르고 있던 오러가 풀렸다. 그 짧은 순간에 새어 나간 냄새를 맡은 미노타우루스 한 마리가 기습 공격을 감행했다.

이번에는 진짜 죽을 뻔했다.

사신의 낫이 목 언저리를 스치고 지나간 것과 비슷했다. 눈을 떠보니 미노타우루스의 손에 잡히기 직전이었다.

온종일 오러를 유지해야 한다는 강박관념에 스트레스가 이만저만이 아니었다.

탄트라가 기습 공격을 받는 시기는 주로 저녁이었다. 오러가 풀리는 이유는 집중이 흩어져서 그렇다. 수면을 취할 때는 정신이 무방비가 되기에 그러하다.

피로가 누적되어 휴식이 절대적으로 필요했다. 참으려고 노력해도 저절로 눈이 감겼고, 마수들에게는 그것이 기회였다.

벌써 일주일째 이어지는 마수들의 공격에 지치고 힘이 들었다. 숨는 것도 불가능했다.

이럴 줄 알았다면 그냥 트윈 헤드 오거와 결판을 냈을 걸 하는 생각이 강하게 들었다. 그놈만 죽였어도 이런 고생을 하진 않았을 것이다.

몇 번이나 돌아갈까 되뇌어봤다. 고개가 저절로 도리질을 쳤다. 이미 돌이킬 수 없었다.

"후! 힘들다, 정말."

탄트라는 일주일 내내 물가를 벗어나지 않았다. 그게 연이어진 마수들의 공격 원인 중 하나였다. 마수들도 생명체라 물을 먹어야 산다. 그러니 자연스럽게 물가로 몰려들었다. 필연적으로 부딪치는 상황이 만들어지는 것이다.

그러한 점은 그도 잘 알고 있었지만 피어 마운틴의 내부는 미로와 같아서 조금만 목표를 벗어나도 헤맬 수밖에 없는 구조를 지니고 있었다. 잘못해서 길을 잃거나 마수의 공격으로 물가와 멀어지면 난감한 상황에 직면하리라.

"후우!"

그동안 죽인 마수의 숫자가 수십도 넘었다. 많은 심력과 오러가 소모됐기에 탄트라에게는 휴식이 절실했다.

"그래도 희망은 있다."

상류로 올라가는 물길이 계속 하나로 이어졌다. 어쩌면 폭포와 그대로 이어질 수도 있었다. 나중에 가서 여러 갈래로 갈라진다 해도 그전까지는 오를수록 폭포와 가까워지는 것을 의미했다. 그렇기에 더욱 악착같이 붙어 있었다.

하지만 이제 한계에 도달해 버렸다.

우우웅!

탄트라는 미노타우루스의 사체 옆에 주저앉아 오러 브레싱을 사용했다.

오러 브레싱은 대기 중에 분포되어 있는 마력을 흡수해 오러로 바꾸는 일종의 호흡법이다. 무술의 종류와 그것을 익힌 사람의 경지에 영향을 받아 흡수하는 양이 달랐다.

확 트인 공간에서 하기에는 위험천만했지만 오러 홀이 텅 비어 있었다.

이래 죽나 저래 죽나 죽는 건 매한가지였다.

아지랑이 같은 오러의 기운이 탄트라에게로 모여들었다. 창백하던 안색이 안정적으로 변했다. 흘러내리던 땀과 이물질도 조금씩 증발했다. 하지만 임시방편일 뿐, 하루만 지나도 같은 꼴로 돌아갈 것이다.

어쩌면 오늘 내로 그렇게 될 수도 있었다.

"후우!"

예상과는 다르게 오러 브레싱이 끝날 때까지 마수들의 습격은 없었다. 이유는 모른다. 한 번도 이런 적이 없어서 의심스러울 뿐이다.

짚이는 점은 있었다.

겪어본 피어 마운틴은 철저히 거미줄처럼 얽히고설킨 약

육강식의 세계였다.

"가까운 곳에 최상급 마수가 존재하나?"

강력한 마수들의 영역은 범위가 굉장히 넓었다. 어지간한 작은 영지 하나와 비슷했다. 어쩌면 미노타우루스의 영역을 기점으로 트윈 헤드 오거와 같은 최상급 마수의 영역이 시작된 건지도 모른다.

탄트라의 살냄새를 맡고도 다가오지 못할 정도의 마수가 서식한다면 무조건 피해야 했다. 오기로 맞서다간 다음 날 마수의 배설물로 세상 경험을 할 테니까.

"이곳에서 쉬자."

시험 삼아 오러를 해제한 지 오래인데도 마수가 나타나지 않았다. 안전하다고 장담은 못해도 다른 곳으로 이동하기는 꺼려졌다. 벗어나는 순간 공격이 시작되면 후회가 밀려올 것 같았다.

파파파팟!

피어 마운틴의 나무들은 기본 10미터가 가볍게 넘는다. 수령이 오래된 30~40미터 높이의 나무도 종종 눈에 띈다. 높은 곳에 있어도 나무를 타는 마수들이 습격해 왔지만, 바닥에서 쉬는 것보단 버틸 만했다.

때마침 날도 저물고 있었다. 밤은 낮과는 또 다른 위험성을 내포하고 있었다. 야행성 마수들은 주행성 마수들보다 상대하기가 까다로웠다.

아침에는 보이기라도 한다. 야행성 마수들은 모습을 분별하기도, 기척을 찾아내기도 어려웠다. 어둠에 특화된 놈들이라 사람으로 비유하자면 어쩌신을 상대하는 느낌이 들었다. 그러니 더 빨리 지칠 수밖에 없었다.

제발 오늘 하루는 편히 쉬었으면 좋겠다. 체력을 회복하면 또 며칠은 버틸 수 있을 테니까.

*   *   *

"하나로 이어져 있었어!"

탄트라는 감격에 차 있었다. 어찌 그러지 않을까. 그가 타고 온 물길이 폭포와 그대로 이어져 있었다.

"저것만 오르면 된다."

100미터 높이의 폭포였다. 살기 위해 뛰어내린 바로 그 폭포다.

"음."

우선은 뭐가 튀어나올지 모르니 탐색이 필요했다. 까짓것 기쁜 마음으로 하겠다.

저것을 타고 올라 바깥으로 나가는 순간 새로운 인생이 시작된다. 이 황자는 자신이 죽었을 것으로 생각할 테니 다른 나라로 넘어가서 원하는 삶을 살며 평화롭게 살 것이다.

알칸시아 폰 탄트라는 여기에서 죽었다.

파파팟!

울창하게 솟은 나무 중 하나를 골라 나뭇가지 위에 걸터앉아 주변 지형이 어떻게 되는지를 살펴봤다. 그런데 만만치가 않아 보였다.

일단 폭포의 옆을 타고 오르기는 불가능했다. 거대한 호수가 길게 이어져 있어서 돌아가는 건 둘째 쳐도 절벽의 끝이 보이지 않았다. 적게 잡아도 수백 미터는 가볍게 넘을 높이였다.

가장 쉬운 방법은 역시 폭포의 정면을 등반하는 것이다.

문제가 있다면 정면으로 가기 위해 넓디넓은 호수를 건너야 하는데 안에 어떤 마수가 살고 있을지 예측이 안 됐다. 아닌 말로 수영을 하거나 배를 만들어서 건너다가 수중 마수의 습격을 받으면 그날로 물고기 밥이다.

건너기 전에 어떤 마수가 사는지 확인이 필요했다.

탄트라는 한참을 고민하다가 결국 자기 자신을 미끼로 쓰기로 마음먹었다.

마수들은 자신의 살과 피 냄새를 맡으면 발광하며 달려들었다. 마도협회의 발표를 몸소 증명했다. 일전의 트윈 헤드오거도 그랬었다. 바깥의 마수들처럼 침을 질질 흘리지 않았던가?

스윽.

호수 가까이 내려가서 손가락을 살짝 베자 핏방울이 맺히며 피 냄새가 사방으로 퍼졌다.

똑똑.

핏방울이 떨어지며 맑은 호수가 붉게 물들었다. 정말 인간의 살과 피가 마수의 식욕을 자극하는 효과가 있다면 걸려들 것이다. 멍청해서가 아니다. 이성보다 본능이 앞서기 때문이다.

촤아아아!

인내심을 갖고 기다리자 호수 속에서 변화가 일어났다. 거대한 그림자가 핏방울이 번져 있는 곳으로 다가오고 있었다. 몸집이 어찌나 큰지 움직일 때마다 물살이 옆으로 밀려났다.

쿠르르!

메아리치는 울음소리가 들리며 정체불명의 마수가 물 위로 떠올랐다. 전체적인 형태는 악어와 비슷했는데 크기 면에선 비교 자체가 안 됐다. 높이는 3미터쯤에 머리부터 꼬리까지의 길이는 15미터 정도로 추측됐다.

"메드니스 크로커다일!"

트윈 헤드 오거와 같은 3급에 속한 강력한 마수로서 악어의 습성을 그대로 지니고 있다.

왜 다른 마수들이 근처로 접근하지 않았는지 이해할 수 있었다. 호수 속에 숨어 있다가 물을 먹는 사이에 기습당하면 한 끼 식사거리로 전락할 것이다.

다리도 달려 있어서 꼭 호수가 아니더라도 활동이 가능했다. 잡히지 않으려면 멀찍이 떨어지는 게 상책이다. 어쩐지 마수의 모습이 뜸하다 싶었는데 이런 놈이 있을 줄이야.

"돌아가야 하나?"

육지에서도 상대하지 못한다. 호수 속에선 논할 가치도 없다. 애초에 급이 다른 마수였다.

쿠르르르!

메드니스 크로커다일은 핏방울이 맺혀 있는 물을 통째로 삼켰다. 그거라도 음미하려는 것처럼 보였다.

실망감이 들었다.

저 폭포만 오르면 바깥세상으로 나갈 수 있음에도 보고만 있어야 한다고 생각하자 미칠 것 같았다. 목숨이 걸린 일이라서 호수를 가로지르는 일이 가능한지 실험을 해볼 수도 없다.

호수의 지름은 어림잡아 350~400미터쯤으로 나가고 싶은 욕심이 아무리 크다 해도 자살은 사양이다. 들키지 않고 가기에는 요원한 거리였다.

한편으로는 다시금 자신이 살아 있다는 사실이 너무나 신기했다.

핏방울에도 이리 민감하게 반응했다. 폭포에서 뛰어내렸을 때는 팔이 잘려서 피가 철철 흘러내렸을 것이다. 메드니스 크로커다일의 감시망을 피해 물살을 탔다는 것은 상식 바깥의 일이었다.

"돌아가자."

여하튼 살아 있는 게 중요했다. 불가능한 목표에 매달리는 바보짓은 하지 않는다. 멀리 돌아가더라도 폭포에서 이어지는 절벽을 따라가다 보면 언젠가는 길이 나올 것이다.

* * *

혹시나 하는 생각에 폭포에서 이어지는 절벽을 타려고 해봤지만 실패했다. 벽에도 사이사이마다 작은 마수들이 터를 잡고 있었다. 강하진 않아도 절벽을 오르며 상대하기는 어려웠다.

절벽의 끝이 보이지 않는다는 이유도 한몫했다. 등반 도중 추락하면 에어 점프로도 살아남기 어려워 보였다. 공기의 저항이 커서 버티지 못할 것이다.

남은 방법은 길이 나올 때까지 절벽을 따라서 이동하는 것뿐이다. 계속 가다 보면 언젠가 종착지가 나타나리라. 그마저도 안 되면 죽으나 사나 되돌아가서 폭포의 정면을 뚫어보는 수밖에 없었다.

"아무리 생각해도 아깝다."

며칠 전, 탄트라는 아주 우연히 절벽과 숲 사이에 교묘하게 숨겨진 9급 마수 데스 비의 하이브를 발견했다.

헌터본부나 마도협회에서 발표한 바로는 적게는 수백에서 많게는 수천 마리 이상이 단체 생활을 한다고 했다. 그런데 그곳은 족히 수만 마리도 넘어 보였다.

어지간한 건물보다 큰 초대형 하이브가 나무 수십 그루를 기둥 삼아 공중에 떠 있었다. 사방에서 윙윙거리는 소리가 섬뜩하게 들려왔다. 만약 걸린다면 수만 발의 독침이 몸에 꽂히는 끔찍한 고통을 느끼고서야 죽을 것이다.

하이브의 밑에는 무지개 색으로 빛나는 한 송이의 꽃이 피어 있었다. 그 꽃이 탄트라의 발길을 붙잡은 장본인이다. 그러지 않았다면 미쳤다고 데스 비틀의 주변을 알짱거렸겠는가.

데스 비틀이 있는 곳에는 그 꽃이 피어 있을 가능성이 높았고, 이쯤 되는 하이브라면 분명히 있을 것이라고 생각했는데 적중했다.

아란델의 꽃.

무지개 색으로 빛나던 그 꽃의 이름이다. 어떠한 상처나 병이라도 말끔히 치료한다고 알려진 전설의 약초로 포션과는 비교도 못할 효능을 지닌 보물이다. 아무리 무식한 헌터라도 아란델의 꽃은 알고 있었다.

그 꽃 하나면 목숨을 여벌로 들고 다니는 것과 같았다. 욕심이 무럭무럭 솟았지만 결국 탄트라는 포기했다. 단순히 뽑기만 하는 거라면 빠르게 뽑고 도망치면 된다. 그러나 아란델의 꽃을 채취하는 데는 대단한 정성이 들어갔다.

뿌리 하나라도 상하면 꽃이 죽어버린다.

도저히 짧은 시간 내에 채취할 수가 없었다. 오러로 버티면서 꽃을 채취한다? 수만 마리의 독침을 버티면서? 실현 가능성이 없었다.

"뭐, 지나간 일 생각해 봐야 소용없고, 그나저나 이상하단 말이지."

탄트라는 아란델의 꽃에 대한 미련을 접었다. 그리고는 다른 생각으로 넘어갔다.

엊그제부터였던 것으로 기억한다, 마수들의 행동이 이상해지기 시작한 것은. 딱 꼬집어서 설명하기는 어려웠다. 대체로 광기를 보이거나 하늘만 멍하니 쳐다보는 등의 이상 증세를 보이고 있었다. 특정 행동은 없었다.

개체마다 전부 증세가 달랐다.

몇 년 동안 마수 헌터로 활동했지만 저런 모습은 본 적도 들은 적도 없다. 한두 마리가 그렇다면 이해를 하겠는데 이제는 눈에 보이는 마수마다 제정신이 아니었다. 그래서인지 습격도 많이 줄어들었다.

아니, 거의 없다시피 했다.

여유가 생기자 몸 상태도 많이 좋아졌다. 식량도 과일이나 생선 등을 챙겨서 당분간 굶을 걱정은 없었다. 계속 이런 현상이 지속되면 행동을 방해하는 제약이 많이 풀릴 것이다.

탄트라는 나무 위에 누워서 밤하늘을 쳐다봤다. 아름답게 수놓아진 별들과 반쪽은 푸르고 반쪽은 붉은 보름달이 보였다.

"대체 뭘까?"

아르벤드 대륙에 뜨는 달은 특정일에 따라 모양은 전부 제각각이지만 색은 푸른색으로 통일된다. 그런데 붉은색? 듣도 보도 못한 괴사였다.

어쩌면 마수들의 이상 증세가 붉은 달과 관련이 있을지도 모른단 생각이 들었다. 물증은 없었다. 심증일 뿐이지.

어린 시절에 들었던 전설이나 황궁 도서관에서 읽었던 책에 관한 내용을 꺼내봄에도 소득은 없었다. 한참을 생각해도 떠오르는 기억이 없자 포기했다. 자신에게 피해만 없으면 상관없었다.

찌르르!

탄트라는 잠을 청하려고 눈을 감았다. 이런 지옥도 꼴에 산이라고 벌레 우는 소리가 심심치 않게 들렸다. 얼마 전까진 마수들의 습격에 맞서느라 이런 현상이 있는지조차 몰랐다.

으아아악!

"인간?"

벌레 우는 소리 사이에서 선명한 비명이 들렸다. 잘못 들었다고 생각하진 않았다. 환청을 듣기에는 이룩한 경지가 높았다.

파팟!

탄트라는 오러를 일으켜서 지면으로 내려섰다. 몸을 가볍게 하고 기척을 죽인 뒤 비명의 근원지를 찾아갔다. 멀지 않은 곳에서 불빛이 사방을 밝히고 있었기에 헤맬 필요는 없었다.

사람들이라면 이곳에서 빠져나갈 길을 알고 있을지도 몰랐다.

가까이 다가갈수록 횃불의 숫자가 많아지며 알기 어려운 소리가 점점 크게 들려왔다.

머릿속에서 갖가지 추측이 난무했다. 헌터들이 마수 사냥을 왔을 수도 있고, 뭔가 특정한 물품을 구하기 위해 들어왔을 수도 있다. 토벌? 토벌은 애당초 불가능하니 추측에서 제외했다.

'음.'

어림잡아 횃불의 숫자가 천여 개는 넘어 보였다. 하나를 한 명이 들고 있다 쳐도 천 단위에 해당하는 계산이 나왔다.

스슥!

20미터 내로 접근하고서는 집채만 한 바위 뒤로 몸을 숨겼다. 무작정 얼굴을 내밀기엔 꺼림칙했다.

횃불을 밝히고 있다지만 울창한 숲 속이기에 모습을 확인하기가 어려웠다. 오러를 최대한 조절하여 조금 더 가까이 다가갔다. 드디어 수풀 틈 사이로 횃불을 밝힌 존재들을 확인할 수 있었고, 이후로는 허탈감이 밀려왔다.

'오크?'

원하던 인간이 아닌 오크였다. 그것도 피어 마운틴에서만 서식한다는 8급 마수 그레이트 오크였다. 2미터의 덩치에 험악한 인상을 보니 틀림없었다. 숫자는 대략 2,500~3,000마리 정도로 보였다.

가운데 뭔가를 지키고 가면서 일정한 진형을 유지하고 있었다. 인간들로 치면, 그래, 호송으로 보였다. 선두에는 오크 주제에 가마를 타고 가는 놈이 보였다. 저 정도 계급이면 대전사는 될 것이다.

'뭘 지키는 거지?'

오크는 인간들과 같은 철저한 계급 체계로 구분된다. 일반 오크 위로는 전사들과 전사장, 혹은 대전사, 족장, 주술사 등이 있었다.

2,500마리가 넘는 대군을 운용할 부족이면 본진에는 못해도 수만 마리의 오크가 상주할 것이다.

이 주변 어딘가에 오크 군락이 건설되어 있다고 생각하니 피어 마운틴의 신기함에 입이 벌어졌다.

탄트라는 나뭇잎이 무성한 가지 틈에서 장내를 내려다봤다. 오크들의 진형 중앙에는 튼튼한 강철로 만들어진 감옥 수십 개에 여러 종류의 마수가 붙잡혀 있었다.

오크보다 훨씬 상급의 마수인데도 반항조차 못하는 걸 보면 압도적인 수적 우위에 밀려서 기가 죽은 듯 보였다. 또한 몇몇 마수는 눈이 풀려서 멍한 상태로 널브러져 있었다.

하나하나 자세히 살피던 중 탄트라의 시선이 한곳에 고정됐다.

'인간이다.'

열두 명의 인간이 감옥 하나에 통째로 갇혀 있었다. 무장은 해제되어 있었지만, 간편한 가죽 갑옷, 로브 등의 차림새와 이곳이 피어 마운틴이라는 점을 감안하면 마수 헌터 같았다.

남자가 열 명에 여자가 두 명이었다. 사냥하다가 오크들에 납치된 것으로 보였다. 오크들이 인간을 노예로 쓰기 위해 납치하는 일은 흔하디흔했다.

누구는 오크들에게 사로잡혔다고 손가락질할지도 모른다. 그러나 2,500마리 규모의 그레이트 오크 부대라면 탄트라여도 붙잡힐 것이다.

'흠.'

오크들의 움직임에는 힘과 절도가 있었다. 자신감이 겉으로 배어 나왔다.

'구해야겠다.'

불쌍한 사람들을 못 본체하는 정의의 사도라서가 아니다.

헌터들은 기본적으로 자신이 이동하는 지형을 외우고 다닌다. 저들 열두 명이라면 한 명쯤은 나가는 길을 알지도 모른다.

구할 수 있을지 없을지는 몰라도 무작정 절벽을 따라가기에는 지쳤다. 구하기에 실패하면 주변 지형은 외워뒀으니 돌아가면 된다. 오크들에게 발각돼도 혼자의 몸이라면 충분히 빠져나올 자신이 있었다.

"오늘은 이곳에서 쉰다!"

다른 오크들보다 머리 두세 개는 더 큰 오크 대전사가 소리 치자 일정하게 유지되던 진형이 급격하게 변화했다. 오크들의 언어라서 알아듣지는 못해도 행동을 보니 이곳에서 야영하려는 것처럼 보였다. 인간들에게 접근할 절호의 기회였다.

탄트라는 오크들이 야영 준비를 끝내고 전원 취침에 들기까지 기다렸다.

보초는 남겨놓겠지만 인간처럼 철두철미한 성격은 아니기에 기본 병력을 제외하면 주의할 점은 없을 것이다.

예상대로 감옥 하나당 4~5마리의 오크가 배정되었다. 나머지는 전부 곯아떨어져 버렸다. 시끄럽던 숲 속이 정적에 들었다. 오크들도 마수들도 미동하지 않았다.

인간들은 후미 쪽에 있어서 접근하기가 매우 쉬웠다. 선두의 가죽 천막에는 지휘관급 오크가 몰려있어 은신을 눈치챌 가능성이 높았다.

'음.'

탄트라는 인간들의 얼굴을 유심히 살펴보다 가장 나이가 많고 노련하게 생긴 중년 사내에게 말을 걸기로 정했다.

정신을 집중해 오러의 끈을 만들어 그와 이어지도록 단단하게 묶었다. 블레이드 킬러의 4단계 경지에 들기 전에는 사용하지 못하던 기술이라서 지금도 능숙하게 다루기는 어려웠다.

[들리시오?]

"으악!"

A급 마수 헌터 할튼은 자신의 뇌리를 파고드는 목소리에 기겁했다. 귀로 들려오는 소리가 아니었다. 그랬다면 주변 사람들이 이상하게 쳐다볼 리가 없었다.

"조용히 해라!"

할튼은 오크들이 무기를 들이밀며 위협하자 기가 죽어 놀란 마음을 진정시켰다.

[오러 메시지를 보내는 것이니 놀라지 마시길.]

'오러 메시지!'

오러 유저는 육체를 강화시키고 엑스퍼트는 외부로 유형화시킨다. 경지가 깊어지면 유형화를 넘어서 전달하는 경지에 오르는데 이때 사용하는 기술 중 하나가 오러 메시지였다.

한 나라에 사용할 수 있는 존재가 손가락에 꼽을 정도로 적어서 서로들 모셔가려고 온갖 아양을 떨어댔다.

이런 자들을 통틀어 마스터라고 불렀다. 그런 마스터의 오러 메시지를 피어 마운틴에서 듣게 될 줄이야.

하지만 할튼의 짐작과 달리 탄트라는 마스터가 아니었다. 엑스퍼트 최상급과 마스터 사이에서 아슬아슬한 줄다리기를 하고 있었다. 그렇기에 오러 메시지를 능숙하게 사용하지 못했다.

[오크의 숫자가 너무 많아서 당장 구해드릴 수는 없소이다.]

절망적인 대답에 할튼의 표정이 급속도로 어두워졌다. 마스터도 오크 대군을 상대하지 못한다고 생각하자 살아남기 어렵다고 생각한 것이다.

[한 가지만 묻겠소. 안다면 고개를 위아래로, 모르면 양옆으로. 알겠소?]

끄덕!

눈치는 있는지 잘 알아들었다. 대화하기가 한결 편해졌다. 이것저것 물어보지는 않는다. 어디로 가는지, 어디에서 왔는지 따위는 필요 없었다. 오직 나가는 길을 알고 있는지가 중요했다.

[바깥으로 통하는 길을 알고 있소?]

할튼은 기가 막혔다. 기억? 장난하는 것도 아니고 그 와중에 어떻게 길을 기억한단 말인가. 잡히자마자 기절했고, 깨어났을 때는 이미 깊숙한 곳으로 들어와 있었다. 모른다고 대답하려다가 고심에 빠졌다.

자신은 땅의 중급 정령을 다루는 정령사였다. 나가는 길은 몰라도 이런 감옥에서 벗어난다면 정령을 이용해 찾을 수 있었다. 그러면 아는 게 되지 않겠는가?

끄덕!

'오!'

그의 어두운 속내를 아는지 모르는지 탄트라는 나가는 길을 알고 있다는 확답을 듣자 희열에 들떴다.

살려내야 했다. 어떻게든 살려서 이 지옥을 벗어나야 했다. 구하려면 지금밖에 기회가 없었다. 시간을 끌다가 본진으로 이동하면 얼마나 많은 오크가 주둔하고 있을지 상상이 안 됐다.

'어떻게 구하지?'

수천에 달하는 오크를 죽일 수는 없다. 저들을 구하려면 시선을 끌 만한 무언가가 필요했다. 그리고 시선을 끌 만한 것이라면 마침 적당한 게 있었다.

'마수들을 이용하면 되겠군.'

최근 들어 마수들이 이상 증세를 보여 멍청해졌다 해도 순전히 건드리지 않았을 때의 경우다. 생명의 위협을 받거나 잠재된 본성을 끄집어낼 계기가 만들어지면 난폭하게 변할 것이다. 태어날 때부터 정해져 있는 본능은 절대로 바꾸지 못한다.

'강한 놈부터.'

탄트라는 강한 마수의 감옥부터 약한 마수의 감옥까지 오러를 날려 사정없이 잘라 버렸다. 예기를 미세하게 조절했기에 마수들의 몸에는 닿지 않았다. 그것을 아는지 모르는지 보초들은 꾸벅꾸벅 졸기에 바빴다. 마수들도 감옥이 잘린 줄 모르고 잠을 자고 있다.

[이제부터 마수들이 날뛸 테니 일이 벌어지면 동쪽으로 계속 달리시오.]

할튼은 서둘러 자고 있는 헌터들을 깨워 요점만 간략하게 설명했다. 그들은 잠결에 긴가민가했지만 이리 끌려가다간 비참한 인생을 살게 될 것을 알기에 속는 셈 치고 도박을 벌이기로 했다.

스윽.

탄트라가 손가락을 살짝 긋자 막 몸에서 새어 나온 신선한 피가 맺혔다. 곧 그 냄새가 야영지를 가득 채우자 오크들과 마수들이 반응했다.

오크들은 코를 벌렁거리는 정도에 그쳤다. 그러나 마수들은 달랐다.

크어어어!

미리 조각낸 철제 감옥이 박살나며 40~50마리쯤 되는 마수가 미쳐 날뛰었다. 하나하나가 5~6급에 속한 상급 마수였다. 제압하기가 쉽지 않을 것이다.

평소라면 이리 미쳐 날뛰지는 않는다. 철제 감옥을 통해 이동하면서 마수들은 제대로 된 식사를 하지 못해 굶주린 상태였다. 그런데 신선한 피 냄새를 맡자 흉포한 본성이 폭발해 버렸다.

"비상! 감옥이 파괴됐다!"

삽시간에 오크 야영지가 난장판으로 변했다. 처음 마수들을 잡기 위해 출발했던 오크 군단은 5,000마리였다. 그런데 사로잡느라고 숫자가 반으로 줄어든 상태에서 이런 일이 발생했다. 다시 잡으려면 어떤 출혈을 감수해야 할지 알 수 없었다.

파팟!

손가락을 지혈한 탄트라가 사람들이 갇혀 있는 철제 감옥 앞에 나타났다.

"인간!"

푸화아악!

탄트라가 발생시킨 진동에 휩싸인 십여 마리의 오크가 고기 조각처럼 잘려 나갔다.

주변을 둘러보니 마수들은 오크들을 뜯어 먹느라고 정신이 없었다. 자신들을 가둬놓고 굶주리게 만든 한을 풀겠다는 듯 살아 있든 죽어 있든 가리지 않고 닥치는 대로 잡아먹었다.

저 멀리서 천막이 걷히며 지휘관급의 오크들이 쏟아서 나왔다. 저들이 나서면 상황이 진정될 것이다. 하지만 뒤이어 들리는 소리에 탄트라가 슬며시 웃었다.

우우우우!

한두 마리가 죽는 피 냄새가 아니라 수백 마리 이상이 풍기는 진득한 피 냄새가 숲을 넘어 피어 마운틴 곳곳으로 퍼져

나갔다. 먼 곳에서 냄새를 맡은 마수들이 야영지 쪽으로 접근하고 있었다.

어서 이 자리를 피해야 했다.

"나오시오!"

여기서 반나절 정도를 가면 수령이 천 년을 넘긴 거대한 나무가 있다. 그 나무 밑에는 꽤 넓은 굴이 존재했다. 충분히 이들 전부를 수용할 수 있을 것이다. 본래는 주인이 있던 곳이지만 탄트라가 휴식을 취하려고 죽여 버렸다.

헌터들은 어떻게 된 상황인지 이해를 못했어도 빠져나가려면 지금이 기회란 것쯤은 눈치채고 있었다.

전원이 B급 헌터였기에 다들 노련했다. 그들은 도망치기 전에 죽어 있는 오크들의 무기를 저마다 챙겼다.

무기를 다 빼앗겨서 맨손이었기 때문이다.

"인간들을 잡아라!"

오크 대전사의 명령을 받은 오크 100마리가 탄트라와 헌터들을 뒤쫓았다. 그들에게 있어 인간들은 마수보다도 중요했다. 의식을 거행하려면 반드시 필요한 제물이었다.

'안 되겠다.'

벗어나기 전에 꼬리를 끊지 않으면 나무 동굴까지 들통 날 판이었다. 일단은 따라오는 오크들만 죽이면 더는 보낼 여력이 없을 것이다.

"오크들을 죽여야겠소."

"하, 하지만 그레이트 오크입니다! 그것도 100마리에 달하는!"

B급 헌터들이라서 오러를 유형화시키는 엑스퍼트 초급에 올랐지만 혼자서는 오크 2~3마리도 버거웠다. 인원이 열두 명인 것을 가정할 때 30마리가 넘어서면 단번에 무너질 것이다.

"내가 죽일 테니 주변 경계를 부탁하겠소."

"이보시오!"

파팟!

탄트라의 육체가 미세한 진동을 일으키며 자리에서 사라졌다. 순간적으로 오크들의 후미를 점하고 다리를 뻗어 대각선으로 내리그었다.

슈아앙!

황금빛의 오러가 생성되며 미처 대비하지 못한 오크 세 마리를 일격에 잘라내자 상, 하체가 분리되며 뜨거운 김을 내뿜는 피와 내장이 흘러내렸다. 뒤쪽에서 들린 이상한 소리에 반응한 오크들이 고개를 돌렸다.

꾸에엑!

그때는 이미 동료 세 마리를 잃고 난 다음이었다. 그의 공격 하나하나에 오크들의 머리가 쪼개지고 몸이 분리됐다. 팔다리가 잘려 병신이 되어 죽어 나갔다.

오크들이 속절없이 죽는 것 같아도 실상은 달랐다. 쉽게 죽이고 있지 못했다. 신중하게 상대하고 있었다. 여유를 가지고 상대하면 시간이 걸릴지언정 무리할 필요는 없었을 텐데, 지금은 그런 여유를 가질 여건이 안 됐다.

최대한 빨리 끝내고 이곳을 벗어나야 했다.

쿠앙!

오크들과 마수들이 벌이는 격전지에서 강렬한 오러의 파장이 터져 나왔다. 필시 최선두에서 가마를 타고 이동하던 오크 대전사가 전투에 끼어들며 나타난 현상이 분명했다.

탄트라는 오크 대전사의 기운을 느끼고는 미간을 찡그렸다. 붙는다면 이기지 못할 것 같았다. 그만큼 오러의 밀도가 엄청났다. 저런 괴물이 다른 오크들의 도움까지 받으면 얼마 지나지 않아 마수들을 제압할 것이다.

'어쩔 수 없다.'

무리가 가더라도 빨리 끝내야 했다.

파앙!

지면을 박찬 탄트라의 육체가 회전하며 무수한 환영을 일으켰다. 피어 마운틴에 온 뒤로 처음으로 써보는 전력의 블레이드 헬이었다.

어두운 밤하늘을 환하게 밝히는 수백 개의 황금빛 오러가 소나기처럼 쏟아져 내렸다. 오크들이 무기를 들어 막으려 했지만, 무기와 갑옷을 잘라 버린 것도 모자라 나무와 땅까지 쪼개 버렸다.

"아……!"

"맙소사!"

비현실적인 광경을 목격한 헌터들은 넋을 잃었다.

바깥세상의 흔한 오크가 아닌 그레이트 오크들이 썩은 허수아비처럼 조각조각 잘려 육편이 됐다. 그들의 수준에선 상상도 못할 경지였다. 말로만 듣던 마스터가 아닌지 싶었다.

<u>스스스.</u>

한계까지 끌어올린 블레이드 헬에 의해 그의 육체에서 김이 모락모락 나고 있었다. 한 번의 공격으로 보유하고 있던 오러의 절반이 소모됐다.

'아직 모자라.'

4단계를 완벽하게 익히면 꿈에 그리던 마스터의 경지에 오르겠지만, 지금은 그저 반쪽짜리에 불과했다. 진정 마스터였다면 트윈 헤드 오거를 보고 도망쳤을 리가 없었다.

"후우! 어서 갑시다. 반나절 거리에 쉴 만한 곳이 있소."

말을 끝마친 탄트라는 서둘러 자리를 벗어났다. 멍하니 쳐다보던 헌터들도 귀신에 홀린 것처럼 그를 쫓았다.

＊　　　＊　　　＊

거대한 나무의 뿌리 한쪽을 긁어내어 만든 구덩이는 본래 두더지 종류의 마수가 살던 서식처였다. 꽤 널찍하게 만들어서 그런지 인간을 기준으로 수십 명도 너끈히 수용할 규모다.

탄트라는 며칠간 식사를 못했다는 헌터들에게 공간 가방에 비축해 뒀던 식량을 아낌없이 꺼내줬다.

굶주림에 지쳐 있던 그들은 남녀를 가리지 않고 손으로 마구 집어 먹었다. 부끄럼 따위는 안중에도 없었다. 생존 본능 앞에선 전부 나약한 감정일 뿐이었다.

탄트라는 잠시 자리를 비켜줬다. 식사도 편하게 하고 저들끼리 의견 정리를 할 시간을 주기 위해서였다.

'어쩔까.'

그에게도 고민은 있었다. 나갈 길을 알고 있다기에 구하긴 구했는데, 열두 명을 줄줄이 이끌고 다니기는 무리였다. 그렇다고 버리고 갈 수도 없었다. 비록 지금은 강제 폐위 당했어도 과거 알칸시아 제국의 삼 황자로서의 자존심이 허락하지 않았다.

─책임질 일은 시작도 마라. 벌였다면 마무리를 지어라.

공적으로는 전대 황제이자 사적으로는 아바마마인 알칸시아 폰 아클라스께서 하신 말씀이다. 황족 중 유일하게 자신을 한 치의 편견도 가지지 않고 동등히 대해 주신 분이다.

아바마마는 시녀였던 어머니를 후궁으로 들였고, 태어난 자신에게 황자의 자리를 내줬다. 일을 벌였으니 책임을 지겠다는 말을 그대로 지킨 것이다.

그분을 생각하면 형제들이 죽었을 때보다 가슴이 아팠다. 중년의 건강하셨던 분이 급사했다는 것 자체가 모순이다. 분명, 이 황자와 관련됐을 거라 생각됐다.

형제들을 전부 죽인 것도 모자라 관계된 혈족까지 피의 숙청을 벌인 악독한 독심이라면 부모라도 못 죽일까.

'제길.'

안 좋은 기억이 떠올랐다. 분명 복수하고 싶다는 감정은 존재했다. 그러나 알칸시아 제국의 황제를 상대로 싸움을 건다는 건 미친 짓이다. 어차피 형제들에 대한 애착도 없고 다른 가족들도 없었기에 이곳을 나가면 그저 편히 살고 싶을 뿐이다.

"바깥에 계십니까?"

"그렇습니다."

부르는 것을 보면 대충 마무리가 된 듯싶었다. 오러로 청각을 강화시켜 들어봤는데 특별한 내용은 없었다. 그냥 자신이 믿을 만한지, 사태가 어떻게 돌아가는 건지 하는 별 시답지 않은 이야기가 주를 이뤘다.

탄트라가 동굴 내부로 들어서자 좌중의 시선이 한곳으로 몰렸다. 전날 밤 압도적인 무력을 보여준 남자가 눈앞에 있으니 호기심이 가는 것은 당연했다.

헌터들은 서로 눈치만 볼 뿐 선뜻 말을 꺼내지 못했다. 탄트라는 한숨을 내쉬고 먼저 자신을 소개했다.

사실과 거짓을 적절히 섞었다. 사냥을 나섰다가 깊숙한 곳으로 들어간 나머지 한 달째 길을 잃고 헤매는 중이라고 말하였다. 소개 직전 날짜를 물어봤더니 넷째 달의 15일이랬다. 폭포로 뛰어내리기 전이 셋째 달의 13일이었으니 얼추 맞아떨어졌다.

헌터들은 탄트라가 피어 마운틴에서 한 달째 버티고 있다는 말에 눈을 부릅뜨고 대경했다. 그리고는 그의 실력을 상기하고서 고개를 끄덕였다.

긴장감이 풀렸는지 헌터들도 하나둘씩 말문을 열었다. 마수의 사체를 노리거나 특정 물품을 구하려는 등 저마다의 목적을 품고 피어 마운틴으로 들어왔다고 했다. 특히 할튼이란 중년 사내의 목적은 뜻밖이었다.

"저는 아란델의 꽃을 찾으러 들어왔습니다."

"아란델의 꽃?"

탄트라의 표정 변화를 알아챈 할튼이 반색하며 물었다.

"혹시 아십니까?"

"음, 위치는 알지만, 당신의 수준으론 가봐야 죽습니다."

수만 마리의 데스 비가 철통같이 지키는 아란델의 꽃을 캐내려면 탄트라도 목숨을 걸어야 하는데 저런 실력으로는 어림도 없었다.

"어, 어딥니까?"

꽃의 위치를 알고 있다는 말에 할튼이 홍분하며 물었다. 얼굴이 빨개져서 대뜸 어디느냐고 묻자 탄트라는 기분이 언짢았다. 들끓는 탐욕에 예의를 상실했다. 저런 자를 잘 알았다. 황궁에서 수십 년을 생활하면 보기 싫어도 보게 된다.

"수만 규모의 데스 비가 서식하는 하이브 바닥에 꽂혀 있습니다."

데스 비라는 소리에 헌터들의 안색이 시커멓게 죽었다. 그것도 수만 마리 규모라니 그들로선 상상조차 할 수 없었다. 아란델의 꽃이 있단 정보에 혹시나 했지만 이건 뽑으러 가는 게 아닌 죽으러 가는 거였다.

"역시."

몇몇 헌터는 예상했다는 듯 고개를 끄덕였다. 애초에 탄트라 정도 되는 실력자가 아란델의 꽃을 보고도 그냥 지나쳤다면 그로서도 뽑지 못할 이유가 있었단 뜻이다.

"괘, 괜찮소! 난 땅의 중급 정령사라서 위치만 알면 빼올 수 있소!"

"정령사라……."

마도사보다도 훨씬 희소성 있는 존재다. 무술이나 마법은 노력 여하에 따라 일정 경지까지는 도달한다. 하지만 정령사는 타고나지 않으면 아무리 노력해도 소용이 없었다. 확실히 땅을 다루는 정령사라면 꽃을 몰래 빼오는 게 가능할지도 모른다.

"그렇소!"

"꽃을 뽑는다 치고, 어떻게 가지고 나갈 생각인지……."

꽃이 사라진 것을 알면 데스 비들이 사방으로 퍼져서 찾으러 다닐 것이다. 수만 마리가 하늘을 날아다닌다면 감시망을 벗어나지 못한다. 정령을 이용해 숨는 것에도 한계가 있었다.

"죽어도 내가 죽는 것이니 가르쳐 주시오!"

"내가 당신을 구한 이유를 잘 상기하시길."

정곡을 찌르는 탄트라의 답변에 할튼은 고개를 숙였다. 헌터들은 그가 할 말을 잃어서라고 생각했다. 그러나 로브를 뒤집어쓰고 있는 그의 표정은 악마처럼 일그러져 있었다.

'개 같은 놈! 내가 가르쳐 달라면 알아서 가르쳐 줘야지!'

참으로 이기적이고 편협한 성격이었다.

'어쩔 수 없다.'

탄트라는 그런 모습을 보고도 별 관심이 없었다. 데스 비의 서식처까지는 하루 거리다. 이들을 전부 데려가기에는 길도 험하고 오크 문제도 있었다.

언제 따라붙을지 모르기에 대비가 필요했다.

'오크 대전사는 위험하다.'

정말 강했다. 이길 자신이 없었다. 할튼 하나를 위해 전체가 희생할 수는 없었다.

"밤이 늦었으니 오늘은 쉬고 내일 떠나겠습니다."

"나, 나갈 수 있는 겁니까?"

"저분이 나가는 길을 기억하고 있다 했습니다."

탄트라의 고갯짓에 헌터들이 할튼을 쳐다봤다. 그는 자신도 모르게 고개를 끄덕였다. 정령을 이용하면 찾을 수 있었다. 만약 여기서 모른다고 말하면 저 괴물이 어떻게 나올지 모른다.

'아란델의 꽃을 구해야 한다.'

몇 달 전, 벨라간 왕국에서 헌터본부에 아란델의 꽃을 구해 달라는 의뢰를 정식으로 해왔다. 보상으로는 백작의 작위와 10만 골드를 하사하겠다고 했다.

심장이 튀어나올 정도의 보상이다. 하지만 아란델의 꽃은 길바닥에 널린 약초 따위가 아니었다. 최상급 약초 중에서도 제일 윗줄에 자리 잡고 있어서 신의 선택을 받지 않는다면 구하기 어렵다고 알려졌다.

그렇지 않으면 그런 보상을 내걸 리가 없다. 왜 벨라간 왕국에서 아란델의 꽃을 구하려는지는 몰라도 이건 기회였다. 평민이 귀족이 될 절호의 기회.

할튼은 어려서부터 약초꾼 집안에서 태어나 약초에 관해 잘 알았다. 그리고 집안 대대로 약초꾼 일을 하면서 땅의 정기가 쌓여 그것을 이어받은 할튼은 약초가 발하는 기운에 민감했다.

전투 능력은 보잘것없어도 땅의 정령을 이용하면 아란델의 꽃도 쉽게 찾을 것으로 생각했는데 착각이었다. 있었던 위치는 잘도 찾아냈다. 전부 파내 가고 없어서 그렇지.

결국, 찾다 못해 피어 마운틴까지 오게 됐다. 그러다가 재수가 없어서 그레이트 오크들에게 걸려 사로잡혀 버렸다. 그런데 아란델의 꽃이 자라는 위치를 알고 있는 사람이 나타났다. 눈이 뒤집힐 수밖에 없는 상황이다.

'흐흐흐.'

할튼이 음흉하게 웃었다. 탄트라의 목적은 피어 마운틴을 벗어나는 것이다. 그럼 거래를 하면 된다.

그는 나가는 길을, 자신은 꽃의 위치를.

다른 자들? 죽든 말든 관심 없다.

자신만 살면 된다.

할튼은 고개를 돌려 탄트라를 쳐다봤다. 어느새 헌터들과 말을 섞고 있었다.

'좋아.'

할튼은 거래하기로 마음먹었다.

*　　　*　　　*

헌터들이 굴 내부에서 수면을 취하고 있을 때 할튼이 움직였다. 그의 손에는 둘둘 말린 양피지가 잡혀 있었다.

"탄트라님."

"무슨 일이신지?"

할튼은 고개를 돌려 헌터들이 깨어 있나 확인하고서 재차
말을 이었다.

"이것을."

탄트라는 그가 내주는 양피지를 받아 펼쳐 봤다. 그리고는
눈을 크게 떴다. 꽤 정교하게 만들어진 지도였다. 어디로 얼
마나 가면 어떤 지형지물이 있는지, 특징은 뭔지 등등이 적혀
있었다.

"보시다시피 제가 없어도 지도가 있다면 바깥으로 나가실
수 있습니다."

"이걸 왜?"

"아란델의 꽃이 있는 위치를 가르쳐 주십시오. 저에겐 꼭
필요한 물건입니다."

"음."

그에게 위치를 가르쳐 주지 않은 이유는 그가 죽을까 봐서
가 아니다. 그는 자신을 바깥으로 데리고 나갈 의무가 있었
다. 그럴 목적으로 구했으니까.

'가르쳐 줄까?'

탐욕이 들끓던 눈을 떠올리면 무시할 경우 순순히 길을 가
르쳐 줄 것 같지 않았다. 협박이나 고문을 하는 건 별로 내키
지도 않았으니 그냥 가르쳐 주기로 했다.

"좋습니다."

탄트라는 할튼이 내어준 흰 바탕의 양피지에 아란델의 꽃

이 심어져 있는 위치와 가는 데 걸리는 시간, 출몰하는 마수 등 주의 사항을 적어줬다. 그는 양피지를 바라보며 보물 보듯이 쓰다듬었다.

'흐흐흐.'

심장이 두근거렸다.

발견만 하면 손에 넣는 건 어렵지 않았다. 정령사에는 정말 쉬운 일이다. 오크들에는 실수로 잡혔지만 사실 땅의 정령은 바람의 정령과 함께 은신과 기척을 느끼는 데 특화되어 혼자라면 충분히 이곳을 빠져나갈 자신이 있었다.

"가짜일 리는 없겠지만, 만약 그렇다면 대가를 치러야 할 겁니다."

"그럴 리가 없지요."

할튼은 그가 뿌리는 살기에 겁을 먹었다가 어린 사람에게 기죽을 수 없단 생각에 뒤늦게 표정을 관리했다.

화악!

"응?"

"어? 이, 이게 뭐지?"

그때 이야기를 끝내고 몸을 돌리려던 할튼의 오른손 바닥에서 특이한 마법 문양이 환하게 빛나며 굴 바깥으로 새어 나갔다. 이에 당황하여 손으로도 막아보고 로브 속에도 집어넣었음에도 마법으로 생성되는 빛이라서 막을 수가 없었다.

콰아아!

"이건……."

굴 바같에서 강렬한 기세가 다가왔다. 정확히 탄트라와 헌터들을 향하고 있었다. 저 빛이 원인이었다.

"그 빛, 뭡니까?"

"저, 저도 잘 모릅니다."

아니다. 확실하진 않아도 예상 가는 게 있었다. 오크들에게 잡히고 나서 정신을 차렸을 때 오크 주술사가 오더니 팔을 잡고 뭔가를 외웠다. 그때는 몰랐는데 지금 와서 생각해 보니 추적에 관련된 주술을 새긴 것 같았다.

하지만 할튼은 모르는 척으로 일관했다. 저들이야 어찌 되든 상관없지만, 자신은 무사해야 하니까.

크아아아!

오크 대전사의 전력을 다한 피어가 탄트라를 포함한 헌터들을 휩쓸었다. 할튼은 무릎을 꿇고 부들부들 떨었으며, 헌터들은 수면 중 받은 충격으로 게거품을 물었다. 오로지 탄트라만 너끈히 버텨냈다.

'돌겠군.'

저게 어떻게 오크인지 도통 이해할 수가 없었다. 누구든 오크 대전사를 마주하면 오크 따위라고 말하던 자신의 주둥이를 원망하게 될 것이다.

"두 개."

다가오는 기척은 두 개였다. 오크 대전사와 그보단 약해도 헌터들보다는 몇 배나 강한 기운이 뒤따르고 있었다.

'믿어봐야겠군.'

오크 대전사는 자신이 맡는다 치고, 그보다 약한 오크를 열두 명의 헌터가 맡는다면 이길 가능성이 있었다. 할튼이 있는한 지속적인 도망은 불가능했다. 문양이 빛나는 한 끝없이 추적당할 것이다.

"후우!"

"서, 설마 싸우려는 것은 아니겠죠?"

"방법 있습니까?"

할튼은 '네놈들이 시간을 끄는 사이에 내가 도망치면 되지 않느냐'는 말을 억지로 삼켰다. 탄트라의 실력이라면 도망칠시간쯤은 벌고도 남을 것이다.

"덩치 큰 오크는 제가 막겠습니다. 헌터 분들은 작은 오크를 맡아주시길."

거품을 물고 기절했던 헌터들이 하나둘 깨어나 바깥으로나왔다.

"할튼님에게 추적 마법에 걸려서 도망은 무의미합니다."

"이자를 버리면 되잖소!"

"뭣?!"

젊은 헌터의 말에 할튼이 기겁했다. 버린다고? 어림도 없는 소리다. 여기 있는 모든 사람의 목숨을 합쳐도 자신만큼의가치는 없었다. 장차 귀족이 될 자신을 버린다니 주둥이를 찢어 죽이고 싶었다.

"그만하시고, 우선 다가오는 오크들을 상대해야 합니다."

"저 괴물을 어찌……?"

그들은 오크 대전사의 무서움을 잘 알고 있었다. 오크 주제
에 오거를 혼자서 사로잡던 모습이 아직도 눈에 선했다. 5급
마수를 오크가 잡았다고 말하면 아무도 믿지 않을 것이다.

"저 오크는 제가 상대합니다. 여러분은 작은 오크를 맡아
주시면 됩니다."

"그, 그렇다면……."

탄트라의 실력이면 가능할 것도 같았다. 100마리의 오크를
몰살시키던 그의 실력은 경탄의 대상이었다.

"절대 도망치시면 안 됩니다. 이곳에서 도망치셔도 살아남
지 못할 겁니다. 흩어지는 순간 피어 마운틴에서 뼈를 묻게
될 거란 사실을 명심하셔야 합니다."

탄트라가 없다는 가정하에 헌터들의 미약한 능력으로는
이 지옥에서 하루도 살지 못한다.

"그럼 무운을."

파팟!

탄트라는 굴을 벗어나 오크 대전사의 정면에 나타났다. 오
크 대전사는 탄트라를 유심히 지켜보다가 옆의 오크에게 말
했다.

"강한 인간이다. 내가 반드시 사로잡겠다. 너는 다른 놈들

을 잡아라."

"알겠습니다."

천 마리의 오크를 지휘하는 오크 전사장은 대전사의 명을 따라 탄트라를 지나쳐 헌터들 쪽으로 향했다.

그들에게는 미안하지만 못해도 반은 죽을 것이다. 대전사가 워낙에 강해서 그렇지 옆을 지나친 오크도 만만한 실력은 아니었다.

"인간! 제물 잡는다!"

"공용어를 할 줄 알아?"

무식한 오크들이라고 비하하기 일쑤인데 공용어도 할 줄 알았다. 내심 오크들의 문화가 궁금해졌다.

"너는 생포!"

"실력이 될까?"

"자신감 가진다! 팔 하나 없다! 너 잡힌다!"

특정 단어를 조합하는 공용어 실력이라서 해석하기가 어려웠다. 대충 팔 하나가 없어서 자신을 이길 수 없다 정도로 들렸다. 오크 대전사가 강한 것은 알지만, 대놓고 무시당하자 체면이 구겨졌다.

"너보다 강한 오크가 있나?"

"여덟 마리의 족장! 대주술사와 대족장을 제외하면 내가 강하다!"

'저놈보다 강한 오크가 열 마리나 더 있단 소리인가?'

대체 부족의 규모가 얼마나 되기에 저런 현상이 나타난단 말인가?

이건 숫제 알칸시아 제국의 십대기사를 보는 느낌이다.

과거 십대기사의 말석을 차지한 자와 무승부를 기록한 적이 있다. 아마 지금 붙으면 그마저도 어려울 것이다.

그런데 고작 오크 부족에 그런 강자가 저놈을 빼고도 열 마리나 있다니 헛웃음이 나왔다.

콰콰콰!

헌터들이 먼저 전투를 시작했다. 그들이나 탄트라나 둘 중 어느 하나라도 진다면 전체의 승기가 사라질 것이다. 이기려면 다 이겨야 했다.

"우리도 시작할까?"

우우우웅!

블레이드 킬러의 4단계가 전력으로 개방되자 진동 때문에 지면이 파이고 대기가 떨렸다. 기묘한 오러의 유동을 느낀 오크 대전사도 자기 자신의 실력을 드러냈다.

쿠우우!

두 강자가 풍기는 기운이 인근 숲으로 퍼져 나갔다. 마수들은 자신보다 상급의 마수가 영역 싸움을 벌이는 것으로 오해해 바깥으로 나가지 않았다.

'제길.'

기세 싸움에서 밀리고 있었다. 양손으로 사용하는 거대한

배틀엑스를 들고 있는 걸로 봐선 마수라기보단 인간과의 전
투로 생각해야 했다. 둘은 약속이라도 한 듯 동시에 지면을
튕겼다.

쿠아앙!

탄트라의 진동과 오크 대전사의 오러가 부딪치자 강렬한
충격파가 생성되며 숲을 휩쓸었다. 죽느냐 사느냐를 결정지
을 열쇠였기에 반드시 이겨야 했다.

* * *

붕붕붕!

오크 대전사는 육중한 덩치와 배틀엑스를 이용한 파괴적
인 전투 방식을 추구했다. 속도와 기교, 변화보다는 한 방에
적을 격살하려는 강맹한 공격 위주로 탄트라를 압박했다. 속
도는 느릴지 몰라도 무시할 수는 없었다.

배틀엑스의 움직임을 최소한으로 조절해 딱 필요한 만큼
만 공격하고 빠져나갔다. 상대의 반격을 대비해 빠르게 방어
자세로 변환할 거리까지 측정하여 휘둘렀다. 절대 무리하지
않았다. 육체는 뜨거워도 머리는 차가웠기에 탄트라가 느끼
는 압박감은 더욱 심했다.

콰콰콰콰!

저런 강맹한 공격을 하며 신중하다는 것은 허투루 넘어갈

일이 아니었다.

'크윽!'

오크 대전사는 겉과 속이 철저히 달랐다. 정말 뛰어난 무인을 보는 듯했다. 게다가 정작 자존심이 상하는 건 따로 있었다.

'봐주고 있다.'

제물 운운했던 것을 상기하면 죽이지 않고 사로잡을 목적인 것 같았다. 그 때문에 힘 조절을 하고 있었다. 이건 수치 중의 수치였다. 화가 났지만 흥분하면 그거야말로 놈이 원하는 흐름이기에 내색하지 않았다.

슈슈슈슉!

춤을 추듯 흔들리는 대기의 물결이 파도처럼 밀리며 오크 대전사를 덮어버렸다. 땅거죽이 파이고 나무들이 잘려 나갔다. 물결 하나하나가 날카로운 칼날이었다.

퍼어어엉!

물결의 중심부에서 칙칙한 회색빛이 터져 나왔다.

'오러 붐!'

먼지가 걷히고 나타난 오크 대전사의 전신에는 회색의 오러가 서려 있었다.

틀림없는 오러 붐이었다. 마스터의 경지에 오른 존재만이 사용할 수 있으며 육체 내부로 오러를 응축하여 일시에 분출시키는, 공격과 방어의 능력을 동시에 지닌 기술이다.

오러 붐은 탄트라도 제대로 구현시키지 못한다. 저 기술만

보더라도 실력의 고하가 여실히 보인다.

"인간 포기! 나 못 이긴다!"

인정한다. 5단계에 들지 않는 한 오크 대전사를 이기지 못한다는 것을. 하지만 여기서 포기하면 잡혀 들어갈 것이다. 노예나 제물이 될 바에는 이곳에서 죽는 게 낫다.

파파파팟!

탄트라의 손과 발이 하늘을 가득 메우며 오크 대전사를 난타했다.

후우우웅!

배틀엑스가 원을 그리며 회전했다. 탄트라의 공격이 향하는 곳에는 어김없이 원이 만들어져서 공격을 모조리 튕겨냈다.

쾅!

진동을 집중시킨 오른손 내려 베기와 오크 대전사가 휘두른 배틀엑스의 회전력이 만나며 굉음이 터졌다.

공중에서 공격하던 탄트라는 뒤로 날아갔고 지면에서 방어하던 오크 대전사는 발목이 지면에 박혀 버렸다. 겨우 중심을 잡고 착지한 탄트라가 뒤로 속절없이 밀려났다. 충격을 없애지 못한 것이다. 그에 반해 오크 대전사는 발목까지 박힌 발을 쉽게 뽑아냈다.

"으아아악!"

헌터들의 비명이 들렸다. 설마 열두 명이 한 마리를 감당하지 못했단 말인가? 그들에게 향했던 오크가 강하긴 했어도 저렇게 쉽게 밀릴 정도는 아니었다.

'오크가 생각보다 강했다는 건가, 헌터들이 형편없는 건가.'

"포기! 너 동료 잡힌다! 너 잡힌다."

포기해라. 네놈의 동료는 곧 잡힐 테고 너 역시 잡힐 것이다.

승패가 기울었다. 도망칠까도 생각해 보다가 고개를 저었다. 저런 강자에게 등을 돌리면 죽여달란 간접적인 표현이다. 그리 추하게 죽을 수는 없었다.

우우우웅!

탄트라의 호흡이 가빠지며 날카로운 기세가 줄기줄기 뿜어져 나왔다. 오크 대전사는 심상치 않다고 느꼈는지 배틀엑스를 전방으로 고쳐 잡았다. 마지막 발톱을 꺼내 드는 것처럼 보였다.

막는다면 잡아갈 수 있으리라.

'제발 죽어라!'

블레이드 헬은 수백, 수천 개의 오러를 일시에 쏘아 보내는 것과 육체에 응축시켜 전신을 강화해 자기 자신을 무기로 만드는 두 종류의 응용 방법이 있다. 전자나 후자나 강력하고 위험한 기술이지만 후자는 육체에 가중되는 부담이 훨씬 심했다.

외부로만 발생하던 진동을 그대로 받아들인 거라서 5단계에 들기 전에는 사용하지 말라고 서술되어 있었다. 그러나 당장 잡혀가게 될 판에 전후 사정 가릴 여유가 없었다.

파아아앙!

대기를 관통한 음속의 화살이 오크 대전사를 향해 발사됐다. 그가 지나간 자리에는 절삭력을 버티지 못해 조각난 지면과 나무, 바위 등이 만들어졌다.

부아앙!

거대한 배틀엑스가 회색 오러로 뒤덮였다. 무작정 방어만 하기에는 다가오는 공격의 기운이 제법 매서웠다. 이윽고 탄트라의 블레이드 헬과 오크 대전사의 배틀엑스가 충돌하며 부딪친 곳을 중심으로 10미터에 달하는 크레이터가 파였다.

쿠아아앙!

사방으로 파편이 흩날렸다. 오러를 다루지 못한다면 파편에 맞고도 사망할 위력을 내포하고 있었다. 일대의 시야가 먼지에 가려졌다.

후웅!

배틀엑스의 널찍한 면을 좌우로 휘젓자 거기에서 발생한 풍압이 시야를 가리던 먼지를 한쪽으로 날려 버렸다.

"상처 입었다! 인간 인정!"

질기고 딱딱한 마수의 가죽을 입었던 오크 대전사의 어깨에 어린아이 주먹만 한 구멍이 뚫렸다. 본래는 심장으로 향했던 공격이지만, 마지막 순간에 방향을 틀어버렸다.

크륵!

오크 대전사는 오랜만에 느껴보는 통증에 인상을 찡그렸다. 본래는 완전히 흘려보내려 했는데 위력이 강해서 어깨가 뚫려 버렸다. 아래로 한 뼘만 더 내려갔으면 심장을 스쳤을 것이다.

탄트라는 땅바닥에 처박힌 채 미동도 하지 않았다. 충돌 직후 오크 대전사가 배틀엑스의 날로 공격을 막고 끝의 손잡이를 돌려 그의 머리를 후려쳤다. 보고 막으려 했지만 몸을 가눌 수 없었기에 그대로 후려 맞아 기절했다.

들썩!

오크 대전사는 탄트라를 들어서 어깨에 들쳐 메고 휘하 전사장이 싸우는 쪽으로 걸음을 옮겼다. 그쪽도 막 마무리가 된 상황이었다. 열두 명의 인간 중 네 명은 죽었고 다섯 명은 기절해 있었다. 숫자가 부족했다.

"나머지는?"

"죄송합니다. 도망쳤습니다."

"됐다. 이놈을 잡았으면 다 놓쳐도 상관없다."

오크 전사장은 대전사의 어깨를 보며 흠칫 놀랐다. 족장들과 대주술사를 제외하면 상대할 자가 없는 일족 최고 전사의 몸에서 피가 흐르고 있었다.

"상처를 입으셨습니까?"

"요양이 필요하다. 우선 돌아가자."

가까운 곳에 마수들을 제압한 군대가 주둔하고 있었다. 피해가 많이 생겨서 이곳까지 데려올 수 없었다. 자리를 비운 틈에 습격을 받기라도 하면 사로잡은 의미가 퇴색됐다.

오크 대전사와 전사장은 각자 헌터들을 물건처럼 땅바닥에 대고 질질 끌고 갔다. 탄트라만 어깨에 들쳐 멨다.

"좋다."

뜻밖의 질 좋은 제물을 잡았다. 이쯤 되는 훌륭한 제물이라면 다가오는 의식에서 중추로 선택되어 통제를 담당하게 될 것이다.

"오크 일족에게 영광을!"

두 존재를 잡는 데 20만에 달하는 오크 대군이 죽고 족장과 주술사들도 죽을 뻔했다. 지금도 반쯤은 죽은 것이나 다름없었다. 몇 달은 더 상처 치료에 전념해야 예전의 상태를 회복할 터였다.

"얼마 남지 않았다."

오크 대전사는 밤하늘을 처다봤다. 보름달의 푸른색이 점점 붉은색에 침식되고 있었다. 그조차 붉은 달을 보고 있자니 치미는 본능을 진정하기가 어려웠다. 마수들이 미쳐 날뛰는 것도 이해가 갔다.

붉은 달이 완연하게 떠오르는 그날, 오크 일족의 번성을 위한 피의 축제가 열리리라.

　　　　　　　*　　　*　　　*

　"흐하하하!"

　할튼은 자신의 손에 들어온 일곱 빛깔 무지개 색의 꽃을 보며 대소했다.

　그토록 찾아 헤매던 아란델의 꽃이다. 이것만 있으면 벨라간 왕국의 고위 귀족인 백작이 되어 평생 남들에게 떠받듦을 받으며 살아갈 수 있었다.

　금은보화도, 미녀도, 권력, 명예 등의 모든 게 저절로 따라올 것이다.

　하지만 그것으로 만족할 생각이 없었다. 힘은 처음에 갖기가 어렵지 한번 갖고 나면 부풀리기 쉬운 법이다. 우선은 백작이 되어 힘을 갖고 차츰차츰 불려 나갈 생각이다.

　위이이잉!

　"큭! 데스 비인가?"

　탄트라의 말대로 아란델의 꽃은 수만 마리의 데스 비가 만든 하이브 바로 밑에 피어 있었다. 그래서 신중을 기해 정령을 움직였고, 꽃을 파내는 데 성공했다.

　그 결과 데스 비들이 꽃을 찾기 위해서 주변 전체를 뒤지고 있었다.

　"날 가려라."

드드드득!

땅이 움직이며 할튼을 집어삼켜 버렸다. 딱딱한 바위들이 만들어져 그가 있던 흔적을 완벽하게 지웠다. 내부에는 좁지만 쉴 공간도 마련되어 있었기에 최적의 휴식 공간이었다. 이곳에서 며칠 정도 쉰 다음 정령을 이용해 나가는 길을 찾으면 될 것이다.

"멍청한 놈!"

탄트라에게 내어준 지도는 가짜였다.

하루라는 짧은 시간 동안 지도를 어떻게 만든단 말인가? 그냥 가지고 있던 지도와 생각나는 피어 마운틴의 길 아무 데를 섞어서 만든 양피지 쪼가리였다.

자신이 알려 달라 하면 넙죽 엎드려 내어줄 것이지, 정말 멍청한 놈이었다. 괴물 같은 오크들과 싸울 생각을 하다니, 자신이 그런 실력을 지녔다면 당장 도망쳤을 것이다.

"나만 살면 된다. 크크크큭!"

할튼은 전투가 시작될 때쯤 바로 도망쳤다.

그가 도망치는 모습을 본 헌터들이 당황하며 틈을 보였을 때 오크의 공격이 시작됐다.

아마도 패배했을 것이다. 그래도 그런 멍청이들이 있었기에 자신이 살 수 있었다. 때로는 필요한 족속이기도 했다.

"날 가만두지 않는다고?"

거래할 때 탄트라가 했던 말이 생각났다. 거짓말일 경우 가만두지 않겠다는 협박이 말이다.

"킥킥! 이미 죽었을 놈 따위가."

살아 있을 리가 없다. 제깟 놈이 강해봐야 그 오크 괴물을 이길 리가 없다. 할튼은 탄트라와 헌터들을 머릿속에서 지웠다. 이 이상 생각할 가치가 없었기 때문이다.

"좀 쉬어야겠군."

정령을 이용해 숨는 것에도 한계가 있었다. 하루빨리 이곳을 벗어나야 했다.

그는 자리에 누운 상태에서도 다가올 미래를 생각하며 기쁨에 취해 자신이 무슨 짓을 저질렀는지를 까먹었고, 이는 앞으로 큰 파문을 가져오게 된다. 그것을 아는지 모르는지 그는 온통 작위 생각뿐이었다.

제3장

붉은 달의 저주

인간들은 오크를 만만히 본다. 단순한 시각적 측면에서 관찰하면 이해 못할 부분도 아니다. 흔히 보는 오크들의 평균 신장은 1.5미터쯤으로 전신이 근육으로 뭉쳐져 있다지만 키가 작으니 그마저도 우스꽝스러웠다.

그런데 그걸 아는가?

평범한 인간들은 그런 우스꽝스러운 오크 한 마리도 상대하지 못한다는 것을.

작은 육체에서 나오는 신체 능력은 보통 성인 남성의 두 배에 달한다. 오크를 상대하려면 수년간 정식으로 군사교육을 받은 정예병사는 되어야 한다.

너도나도 무시한다 하여 칼질 한번 안 해본 일반인이 잡을 수준이 아니란 소리다. 오크 따위라고 하던 인간들이 만약 피어 마운틴에 서식하는 그레이트 오크를 보면 뭐라고 할까? 필시 보자마자 겁에 질려 똥오줌을 질질 쌀 것이다. 기본적으로 2미터가 넘어가는 육중한 덩치는 오금을 저리게 만든다.

　멍청한 일반 오크들과는 달리 지능도 뛰어나서 자신들만의 문화 체계를 보유하고 있다. 수명도 백 년이나 됐으며, 하나하나가 일당백의 전사였다. 대륙에서 인간들의 입방아에 떠도는 일반 오크들은 그레이트 오크들이 뿌려놓은 잡종에 불과하다. 최소 오러 유저가 아니면 그레이트 오크 한 마리도 감당하지 못하며, 잡히는 즉시 사지가 찢겨 죽을 것이다.

　바깥세상의 오크들이 발전하지 못하는 이유는 그럴 틈도 없이 인간들의 손에 죽어 나가서였다. 피어 마운틴은 그들의 손이 닿지 않았기에 지난 수백, 수천 년간 그레이트 오크들은 발전을 거듭했다.

　오크들은 인간들과 비슷했다. 정복하고 짓밟고 세우고를 반복했다. 강력한 지도자의 통치 아래 세를 불리고 불려 피어 마운틴 북부지역 전체를 통합하기에 이르렀다. 상주하는 오크의 숫자만도 150만 마리가 넘었다.

　전부 그레이트 오크로 수백 개의 크고 작은 부족이 연합하여 결성된 오크 왕국이었다. 수천 년간 발전해 왔고, 지금도 새로운 도약을 꿈꾸고 있었다.

성공한다면 북부지역뿐만 아니라 피어 마운틴 전역을 넘어 아르벤드 대륙을 집어삼킬 수 있는 엄청난 계획이 시작되려 했다.

*   *   *

가파르게 깎아져 내려가는 아슬아슬한 절벽 위에 만들어진 천연 감옥이었다.

밑으로는 수십만이 넘는 그레이트 오크가 바글바글했고, 감옥으로 통하는 입구에는 전원이 엑스퍼트 중급에 올라 오러의 수발이 자유로운 오크 전사가 빽빽이 들어차 있었다. 전부 탄트라의 감시를 위해서 배치된 병력으로 도망칠 수 없는 상황이었다.

"제길."

며칠 전, 오크 대전사와의 전투에서 패배해 사로잡혔다. 이동식 철제 감옥에 수용되어 이곳을 향하던 도중 구해줬던 헌터들을 만날 수 있었다.

어째서 열두 명의 헌터가 오크 한 마리를 이기지 못했는가를 물었고, 그들은 울분에 찬 목소리로 한탄했다.

전투가 시작되자마자 할튼은 땅의 정령을 이용해 도주를 감행했다. 한눈을 판 사이에 오크의 공격이 시작됐고, 이에 전세의 흐름이 한쪽으로 기울어졌다.

불안감을 느낀 헌터 두 명이 더 도주하여 사기가 곤두박질 쳐 버렸다. 세 명이 도주하고 네 명이 죽었다. 그리고 다섯 명이 포로가 된 것이다.

"죽여주마."

아마도 아란델의 꽃을 구하러 데스 비의 하이브 쪽으로 이동했을 것이다. 개인의 목적을 달성하려고 자신들을 미끼로 내몰았다.

그가 아무런 상관도 없이 그저 오가다 만난 사이라면 할 말이 없었을 거다. 자기 목숨에 관한 결정권은 누가 대신해 줄 수 없는 것이니까.

그러나 구해준 은혜를 저버리고 혼자 살겠다고 도망친 것은 용서할 수 없었다. 만약 하늘이 자신을 불쌍히 여겨 이곳에서 벗어나게 해준다면 반드시 죽여 버리겠다고 다짐했다.

탄트라는 답답한 심정을 짊어진 채 쇠창살 바깥으로 시선을 돌렸다. 절벽 아래로 보이는 풍경은 몇 번을 보고 또 봐도 적응이 안 됐다.

저걸 어떻게 표현해야 할지 모르겠다. 수십 개의 크고 작은 부락이 뭉쳐서 하나의 거대한 군락을 이루고 있었다. 그리고 거대한 군락들은 또다시 합쳐서 엄청난 규모의 오크 왕국을 구성했다.

가장 작은 부락에도 족히 1만 마리로 추정되는 오크가 상주하고 있었다. 큰 곳은 너무 많아서 맨눈으로 식별하기가 어려웠다. 절벽의 뒤쪽으로도 군락이 이어지고 있었지만, 방향이 달랐기에 거기까지 확인할 수는 없었다.

누가 오크를 미개하다 말했는가.

그렇게 말하고 생각하는 모든 이를 이곳으로 데려와 보여주면 어떤 표정을 지을 것이며, 어떤 변명을 해댈지가 매우 궁금했다. 과연 저런 건축양식과 생활상을 보고도 그런 말을 할 수 있을까?

확실히 인간들에게 비하면 미개했다. 하지만 튼튼한 나무와 돌, 철 등을 적절히 섞어서 건설한 건축물들은 조금 낙후된 시골 영지 수준에는 도달해 있었다. 농사도 짓고 마수와 동물들을 가둬 식량 대용으로 기르는 모습도 보였다. 오크들은 자신만의 문화 체계를 이룩하여 거기에 걸맞게 생활했다.

"백만 마리도 넘겠군."

탄트라는 황자로 지내던 시절 황궁에서 배운 군사학을 토대로 오크들의 숫자를 계산해 봤다. 정확한 수치는 아니지만 얼추 근접 수치에는 미칠 것이다.

그레이트 오크 100만 마리.

최강 대국인 알칸시아 제국뿐 아니라 아르벤드 대륙에 존재하는 수십 곳의 국가 전체를 지도상에서 지워 버릴 수 있는 전력이다.

정예병사 십여 명이 달라붙어도 그레이트 오크 한 마리를 겨우 상대할까 말까 했다. 이들에겐 아녀자나 비전투 인원이 없었다. 종족 자체가 타고난 전사였다. 미약한 국력을 지닌 약소국가는 1만 마리도 감당하지 못할 것이다.

이것도 일반 오크들의 경우다. 정식으로 전사 칭호를 부여받은 오크 전사들의 수준은 오러를 외부로 표출시키는 유형화의 단계까지 올라섰다. 신체 조건을 고려할 경우, 오크 전사 1마리면 동급의 기사 2명은 달라붙어야 할 것이다.

오크 왕국에는 그런 오크 전사들이 길가의 돌멩이처럼 굴러다녔다.

어제는 더욱 황당한 일을 겪었다. 자신을 감옥에 처넣은 오크 대전사가 한 마리의 오크를 데려왔다. 삼족장이라고 소개한 놈과 눈이 마주치는 순간 전신이 벼락에 관통된 듯 굳어버렸다. 짓눌리는 중압감에 저도 모르게 오러를 개방해 대응했다.

"제법 쓸 만하군."

유창한 공용어로 한 말이다.

자존심이 상할 만도 했지만 아무런 말도 꺼내지 못했다. 태어나서 이 정도까지 실력 차이를 실감하기는 처음이었다. 마치 알칸시아 제국의 십대기사 중에서도 최상위권에 있는 세 명의 공작을 보는 듯한 착각이 들었다.

이런 괴물이 7~8마리는 더 있단 것도 놀라운데 그보다 강력한 대족장은 어떨지 가늠조차 되지 않았다. 사대금역은 신비에 가려져 있다더니 고작 일부분을 봤을 뿐인데 이렇다면 앞으로는 뭘 보고 놀라야 할지 감이 잡히질 않았다.

"대체 뭔 짓을 하려는 걸까?"

탄트라를 사로잡은 행렬이 오크 왕국에 도착할 즈음, 각기 다른 방향에서 마수들과 인간들을 철제 감옥에 가둬놓은 오크 군단이 속속들이 나타났다. 중심부로 모인 오크들은 서로 간에 의논을 한 이후 마수들과 인간들을 분류했다. 인간들의 기준은 모호했지만, 마수들을 봤을 때 등급을 매기는 것처럼 보였다.

그날 마수도감에서만 봤던 최상급 마수들을 원 없이 봤다. 3~4급은 수두룩했고, 2급 마수도 몇 마리 있었다. 그중 25미터에 달하는 싸이클롭스는 정말 장관이었다.

평생 보지 못할 광경을 봤다 해도 과언이 아니다. 신기한 점은 잡혀온 인간의 숫자가 천 명 가까이 됐는데, 어디서 잡아왔는지가 궁금했다.

"저것과 관계된 것 같은데……."

그냥 봐서는 먼 거리로 인해 보기가 어려웠다. 오러를 눈에 응용해서 봐야 했다. 다른 군락보다 두 배는 거대한 대군락의 가운데에는 수천 마리의 오크가 거대한 기둥을 세우고 있었다. 기하학적 문양이 곳곳에 새겨진 것으로 보아 오크들의 주술 같았다.

들었던 단어를 종합해 보면 제물, 의식 등의 해괴한 것이었으니 왠지 괴상해 보이는 기둥과도 관련되어 있을 것이다.

털썩!

온종일 하는 일이라곤 오크들의 전력이 얼마나 되는가와 빠져나갈 수는 있을지, 아니면 제물, 의식이 대체 무엇인지에 관한 생각을 하는 것뿐이었다.

"하아!"

내전을 피하려 황궁을 빠져나왔다. 그러나 후환을 제거하려는 이 황자가 보낸 어쌔신들을 피해 피어 마운틴으로 도망쳤다. 팔 하나가 잘리는 중상을 입으면서 살아남았지만 트윈헤드 오거한테서 겨우 도망쳤고, 결국엔 오크들에게 잡혔다.

무엇을 그리 잘못했기에 도망치고 잡히는 신세가 된 걸까.

"이런 꼴이라니."

금제를 당한 것도 아니고 오러를 사용할 수 있음에도 탈출할 수 없다는 자괴감에 망연자실해 있는 모습이 한심했다. 입구는 오크 전사 수십 마리가 틀어막았으며, 쇠창살을 자르고 절벽을 내려가도 수십만 마리의 오크에게 붙잡힐 것이다. 이도 저도 못하는 상황이라 보면 된다. 하지만 포기할 수는 없었다.

"해보자."

앉아서 죽을 순 없었으니까.

*   *   *

탄트라는 저녁이 될 때까지 기다렸다. 붙여진 감시는 교대로 번갈아 섰기에 밤낮을 가리지 않았지만 애초에 입구로 빠져나갈 생각은 없었다. 수십 마리의 오크 전사를 상대하는 건 어리석은 짓이었다.

도망치는 게 목적이라서 재빨리 제압해야 하는데 자신이 없었다. 멍청하게 시간을 끌다간 오크 전사들에게 포위되어 수포로 돌아갈 것이다. 쇠창살을 자르고 절벽을 타는 게 목표다.

훤한 대낮에는 할 수 없는 일이다. 고개만 꺾으면 절벽 타는 모습이 보인다. 하나마나였다. 그나마 저녁에는 보이지 않아서 약간의 가능성이라도 있다.

도주로는 이미 머릿속에 그려놓았다. 최단시간 내에 오크 군락을 빠져나갈 지름길을 외우고 또 외웠다.

스윽.

신발을 벗은 탄트라는 손가락에 오러를 응축시켜 쇠창살을 조용히 잘라냈다.

턱.

위아래를 자른 후 쇠창살을 빼낸 탄트라는 심호흡을 하고서 손가락과 발가락을 절벽에 박아 넣었다. 이제부터가 중요했다. 팔이 하나밖에 없기에 까딱 잘못하면 떨어져 죽을 위험이 있었다.

또한 발을 헛디뎌서 돌조각을 떨어뜨리든가 하는 실수도

금물이다. 한눈팔면 날아가는 건 그가 탈출을 감행하면서까지 지키고 싶은 목숨이다.

'할 수 있다.'

콰악!

독수리의 발톱처럼 굽혀진 손가락이 단단한 암석을 파고들며 탄트라의 육체를 고정했다. 한 번 팔을 움직일 때마다 1미터씩 아래로 내려갔다.

오러를 세밀하게 집중시켜서 그런지 소모량이 상당했다. 지면에 도착할 때쯤이면 반도 남지 않을 것 같았다.

절벽은 이곳저곳 튀어나온 부분이 많아서 오르내리긴 편했지만 들키지 않게 하기엔 좋지 않았다. 하나라도 잘못 건들면 이 조용한 정적이 단번에 깨질 것이다.

오러의 분배와 여러 상황에 대해 신경이 쓰여서인지 심력 소모도 심했다.

'얼마 안 남았다.'

지면에 가까워지고 있었다.

오크들이 주변에 밝혀놓은 불빛과 오러에 의한 시야 확보 덕분에 거리감에는 문제가 없었다.

'나도 참 불쌍하군.'

작은 깨달음 하나만 얻으면 마스터의 경지에 오를 강자가 도망치기 위해 절벽을 타고 있다. 한숨이 절로 나왔다. 피어 마운틴에 들어온 두 달도 안 되는 짧은 기간 동안 평생 가도

겪지 못할 경험을 쌓았다.

제발 경험으로만 남았으면 싶다.

탄트라는 지면에 가까워질 때쯤 오러를 전신에 둘렀다. 땀이 심하게 났기에 오크들의 후각을 고려한 처방이었다. 바람을 타고 날아가기라도 하면 애써 절벽을 탄 보람이 없었다.

탁.

'됐다.'

외웠던 대로 움직였다.

그가 있던 위치는 오크 왕국의 외곽 부분이라서 괜스레 멀리 빠져나갈 필요는 없었다. 측면으로 나간다면 다른 곳보다 시간을 절약할 수 있었다.

인간들과 비교하면 덩치가 커서 그런지 건물들의 크기도 컸기에 몸을 숨기는 게 쉬웠다. 좁은 지역에 밀집된 형태라서 이동하기 편했다. 감각을 넓히자 사방에서 오크들의 기운이 느껴졌다.

그들도 생명체이니 잠을 자야 했다. 깨어 있는 오크들도 있었지만, 탄트라의 기척을 느끼지는 못했다. 간간이 순찰하는 오크들이나 높은 망루에서 보초를 서는 오크들도 있었다. 급하게 행동하지 않고 느리더라도 차근히 전진했다.

오크 왕국의 규모는 그들의 숫자에 비해서 크지는 않았다. 알칸시아 제국으로 따지면 수도 하나에 백만 이상의 오크가 밀집되어 있다고 보면 된다. 도시의 형태는 아니고 그와 비슷한 규모의 전투 요새를 보는 것 같았다.

'저기만 넘으면 된다.'

꽤 높은 성벽이다.

일정 범위마다 두 마리의 오크 전사가 보초를 서고 있었다. 걸리지 않고 뚫기는 무리였다. 하지만 무리라도 걸리지 말아야 한다. 오크 전사들의 목에는 호각이 매여 있었는데 저게 불리는 순간 오크들이 벌 떼처럼 몰려올 것이다.

탄트라는 천천히 오크들을 관찰했다.

'좋군.'

오른쪽 성벽 끝 망루에서 보초를 서고 있는 오크 두 마리가 꾸벅꾸벅 졸고 있었다. 종족을 불문하고 보초란 피곤하기 그지없는 일이다.

한 마리가 졸자 다른 한 마리도 따라 졸았다. 다른 망루는 머리는 있는지 번갈아서 잠을 잤다. 즉, 한 마리는 깨어 있단 뜻이다.

파팟!

성벽의 높이는 20미터 정도였다. 그야말로 순식간에 타고 올랐다. 나무여서 잡기도 편하고 디딜 틈도 많았다.

성벽 위에 올라선 탄트라는 그냥 뛰어내릴까 생각했지만, 뭐든 마지막을 조심해야 했기에 느려도 성벽을 타고 내려갔다.

'좋아, 가자.'

오크 왕국은 숲 전체를 깎아서 만든 지역이라 성벽을 조금만 벗어나도 숲으로 들어가 몸을 숨길 수 있었다. 이곳이 어디인지는 몰라도 오크들의 제물이 될 날을 기다릴 바에야 평생을 헤매더라도 자유로워지고 싶었다.

숲으로 들어선 탄트라는 기감을 넓히고 최대한 빠르게 움직였다. 이미 깊숙한 곳까지 들어왔기에 마수의 영역이든 뭐든 그게 그거였다. 일단은 저 괴물 같은 오크들에게서 벗어나는 게 급선무였다.

파파팟!

서서히 가속이 붙자 그의 육체가 바람을 갈랐다.

그동안 피어 마운틴에서 살아남은 경험 덕분에 이젠 제법 익숙해져 있었다. 마수들의 흔적도 볼 줄 알았고, 작은 동물들이 살기 위해 만든 길을 볼 줄도 알았다. 모두 죽지 않고 살기 위해 저절로 체득한 능력이었다.

'후우!'

오러가 바닥나도록 달렸다.

못해도 수십 킬로미터는 도망쳤을 것이다. 오크들은 감옥 내부를 둘러보지 않았다. 식사를 줄 때만 열어서 볼 뿐, 그냥 입구에서 나가지 못하게 감시만 했다. 지금도 그냥 지키고만 있을지도 몰랐다.

한적한 곳을 찾은 탄트라는 오러 브레싱을 사용했다.

오러 없이는 안심할 수 없었다.

대기 중에 분포되어 있던 마력이 탄트라에게 유입됐다. 생각 같아선 완전히 채우고 싶었지만 그러다간 날이 밝아서 오크들이 추적해 올 수도 있었다. 필요한 정도만 채우고 또다시 도망쳐야 했다.

'3할 정돈가? 움직이자.'

"제법이군. 여기까지 빠져나오다니."

파앗!

오러 브레싱을 끝내고 눈을 뜬 탄트라의 귓전으로 전혀 반갑지 않은 목소리가 스쳐 갔다. 그에 자리를 박차며 소리가 들려온 쪽으로 고개를 돌렸다. 시선이 꽂힌 곳에는 3미터에 달하는 체구를 지닌 그레이트 오크가 나무에 기대어 있었다.

강대한 기운이 느껴졌다.

대전사보다도 더욱 강했다. 마치 자신을 삼족장이라고 소개한 오크를 다시 보는 것 같았다.

"어떻게?"

"어떻게? 우습군. 네깟 수준으로 여길 빠져나갈 수 있으리라 생각했나?"

"큭!"

탄트라는 입술을 꽉 깨물었다.

바로 옆에 근접했음에도 기척을 느끼지 못했다. 이것은 곧 서로 간의 실력 차이를 보여주는 간접적 예였다.

"뭐, 다른 인간이었다면 그 절벽 감옥을 타고 내려오지도 못했겠지."

잡혀온 인간 중에서 절벽을 타고 내려갈 정도의 실력자는 탄트라밖에 없었다.

"족장인가?"

"호? 어떻게 알았지? 오족장 쿠란이다."

대전사보다 강하며 저렇게 유창한 공용어를 구사하는 오크는 족장이 분명했다.

삼족장이 감옥을 직접 찾아왔을 때 오크들에 관해 제법 많은 것을 들을 수 있었다. 계급 체계나 공용어에 관한 것들을 말이다.

전사장 이상의 오크들은 의무적으로 공용어를 배웠다. 계급이 오를수록 집중적으로 배웠기에 족장쯤 되면 매우 능숙하게 사용할 수 있다고 했다.

'틀렸다.'

오족장이라는 상대의 계급을 듣자 전신의 힘이 빠져나갔다. 대전사만 해도 감당할 수 없는데 족장이라니.

"락샤샤에게 듣기론 재미있는 무술을 사용한다더군."

"락샤샤?"

"아아! 너를 잡아온 대전사의 이름이다."

그 오크의 이름이 락샤샤였던가? 아무튼, 지금 중요한 건 이름 따위가 아니었다.

"기회를 주지."

"무슨 뜻이냐?"

"나에게 상처를 입히면 놔주겠다."

탄트라는 실소를 내뱉었다.

전력을 다한 블레이드 헬을 사용했지만, 오크 대전사 락샤샤의 어깨에 작은 구멍을 뚫어놓은 게 전부였다.

그런데 반도 남지 않은 오러를 가지고 족장에게 상처를 입히라고? 이래서야 원, 장난감 병졸이 된 기분이다.

"내 인생도 기구하군."

별 욕심 없이 그냥 평범하고 조용히 살고 싶었는데 왜 이렇게 꼬이고 꼬인 걸까.

우우웅!

3할 정도의 오러밖에 남지 않았다. 이런 양으로는 육체 내부에 진동을 품는 기술은 사용하지 못한다. 외부로 표출시켜야 했다.

"호오?"

쿠란은 탄트라에게서 발생하는 현상을 보며 호기심을 드러냈다. 육체에서 시작된 흔들림이 퍼져 대기까지 흔들리게 하였다. 오러를 그대로 사용하지 않고 다른 능력으로 변환시켰다.

생전 처음 보는 특이한 무술이다.

키이잉!

변화는 더더욱 이상하게 진행됐다. 오러가 미치는 권역 내의 대기가 일그러져지며 뭉쳤다. 모으고 모여서 생기는 압축

현상이었다.

'지금의 내 전력은 여기까지다.'

이것도 지금의 미약한 오러로 사용하기에는 어려운 기술이었다. 오른팔에 집중된 진동의 기운이 외부로 표출되며 넘실거렸다. 상처를 입힐 수 있으리라곤 생각지 않았다. 그저 마지막 발악일 뿐이다.

탄트라의 몸이 회전하며 오른팔을 수평으로 그어냈다. 달빛에 투영되는 황금빛 오러가 반월형으로 휘어지며 대기를 갈랐다.

푸아아앙!

쿠란이 기운을 개방했다. 진한 푸른색 오러가 동그랗게 생성되며 그의 전신을 보호했다.

쩌어어엉!

상반되는 두 기운이 충돌하자 스파크가 튀며 쿠란의 육체가 뒤로 밀렸다.

"합!"

퍼어엉!

내부에 응축된 오러가 폭발하며 탄트라의 공격이 유리 조각처럼 깨져 나갔다. 너무도 쉽게 막아냈다. 오크 대전사에게 당했던 것보다도 허무했다. 재롱을 떤 것 같은 느낌에 수치심이 엄습했다.

"어?"

탄트라가 눈을 부릅떴다.

믿기 힘든 일이지만 쿠란의 복부가 크게 찢겨 있었다. 피가 줄줄 흐르고 있었다. 대전사도 막아낼 공격을 족장이 막지 못해 상처를 입었다? 이해하기 힘들었다.

"이런 원리인가? 뭐, 좋다. 약속이니까."

놔주겠다는 소리 같은데 선뜻 자리에서 몸이 움직여지지 않았다. 말하는 투로 봐서는 일부러 맞아줬다는 것 같았다.

파팟!

탄트라는 달렸다. 앞뒤 가릴 여유가 없었다. 놔준다면 도망쳐야 했다. 바닥을 드러내는 오러를 억지로 쥐어짜면서 달렸다.

"쯧! 병이 도졌군."

퍼억!

"컥!"

탄트라는 흐릿해져 가는 시야 사이로 쿠란을 쳐다봤다. 그는 제자리에서 움직이지 않고 있었다. 그럼 다른 오크가 또 있었단 것인가?

털썩!

쿠란과 비슷한 체구를 지닌 오크가 탄트라를 한번 보고는 한심하다는 듯 고개를 절레절레 젓고 있었다.

"그래, 맞아보니 어떤가?"

"흠, 오러는 평균적인 기운이지. 어디에도 응용이 가능한.

그런데 저 인간의 기술은 살상력에만 치중되어 있더군. 자르고 부수고 꿰뚫고 그런?'

쿠란은 탄트라의 오러를 일부러 맞았다.

그리고는 자신의 육체를 파고드는 생소한 기운의 변화를 낱낱이 해부했다. 팔 한 짝이 붙어 있고 오러가 충분했다면 잡는 데 꽤 고생했을 것이다.

"내가 없었으면 진심으로 놔주려 했나?"

"나는 놔주려 했지. 나는."

쿠란은 자신만 놔준다 했지 다른 오크들을 움직이지 않는다고 말한 적은 없다.

"귀찮은데 그냥 다리를 잘라 버릴까?"

"카바크가 그러면 안 된다더군. 자네에게 두 다리가 없다면 어쩔 텐가?"

팔족장 카샨이 고개를 숙여 육체를 지탱하는 두꺼운 다리를 보며 잠시 생각하다가 말을 꺼냈다.

"그렇군."

병신이 되느니 자살을 택하겠다.

전사에게 기동력이 없다면 살아야 할 이유가 없다. 인간도 비슷할 거라 생각됐다. 족장들과 비교하면 미천한 경지이지만 능히 인정받을 실력을 지니고 있다. 저런 귀중한 제물이 자살하면 골치가 아파진다.

"산 채로 생포해 오라고 했다."

"그럼 주술을 걸어버리면 되잖아?"

"불가! 의식이 거행될 때까지는 깨끗한 상태를 유지해야 한다."

"짜증 나는군."

오크 일족의 미래가 걸린 중요한 의식이라서 순순히 응할 수밖에 없었다.

"중추를 담당할 놈이다. 신경 써야 해."

"하긴, 제물로 바쳐질 인간 중 인정받은 놈은 이놈 하나뿐 이니까."

"그냥 오러를 사용하지 못하도록 금제만 걸어둘 생각이 네."

천 명에 달하는 인간을 잡아왔지만 다들 고만고만한 수준 이었다. 오직 탄트라만 특별했다.

"이제 일주일 남았군."

일주일만 더 지나면 앞으로 두 번 다시 오지 않을 기회이자 위기인 의식이 거행된다.

"어쨌든 자네가 잡았으니 돌아가도록 하지."

"흥! 하여간 네놈의 심술은. 쯧!"

"다 재미 아니겠나?"

쿠란은 호기심이 많고 상대에게 장난치는 것을 좋아했다. 호전적인 오크치고는 특이한 성격이었다. 탄트라의 공격을 일부러 맞은 것도 오러의 변화가 신기해 호기심이 동해서였다. 놔줄 생각은 애당초 없었다. 카샨이 주변에 있단 것을 알고 있었다.

그렇기에 마음껏 원하는 호기심을 충족시켰다.

"다신 도망치지 못할 것이다."

"감시가 붙은 걸 알았으니 포기하겠지."

감옥 입구를 지키는 것뿐 아니라 따로 주시하는 이들이 있다는 걸 알았으니 포기할 것이다. 이제는 의식이 거행되는 날까지 조용히 감옥에 처박아두면 된다.

"오크 일족의 번영을 위하여."

"대륙 정벌의 꿈을 위하여."

그들의 머리 위로는 붉은 달이 완성되어 가고 있었다.

*   *   *

탄트라는 오러를 일으키려고 오러 홀을 건드려 봤다. 전날 밤의 사건 때문에 금제를 걸어뒀는지 미동조차 하지 않았다. 이딴 몸뚱이로는 일반 오크 한 마리도 상대할 수 없다.

"내가 이대로 죽는다고?"

사람이라면 누구든 제 죽음에 대해서 한 번쯤은 생각해 보게 마련이다. 마지막을 궁금해하는 건 누구든 같을 테니까. 그러나 개죽음을 당하리라 생각하는 자는 과연 얼마나 될까?

탄트라도 죽음에 대해 생각해 본 적은 많지만 이런 말도 안 되는 개죽음은 상상도 해보지 못했다. 삼 황자였던 자신이 오크들의 제물이 돼서 죽는다는 상상을 언제 해봤겠는가?

덜컹!

"어?"

한참을 상념에 빠져 있을 때 돌연 감옥 문이 열리는 소리에 경계 자세를 취했다. 오크들이 감옥 문을 여는 이유는 두 가지다. 식사를 줄 때와 어딘가로 데려갈 때다. 식사는 했으니 어딘가로 데려가려고 문을 열었을 것이다.

탄트라는 당한 적이 없었다.

이따금 다른 감옥에서 비명이 들려왔다. 좋은 현상으론 보이진 않아서 내심 신경 쓰였는데 드디어 자신의 차례까지 온 듯싶었다.

비록 오러가 금제됐어도 다가오면 가만두지 않으리라.

"음?

뒤이어진 상황은 뜻밖이었다.

"들어가라, 숲의 하수인아!"

자신들의 언어만 알고 공용어는 모르는 오크들이라서 꿀꿀댈 뿐이지 도통 알아들을 수가 없었다.

콰앙!

오크들은 갈색 로브를 뒤집어쓰고 있는 누군가를 감옥 안에 팽개치듯 던져놓고 나갔다. 정적이 감돌았다. 그는 넘어진 몸을 바로 세우고는 탄트라를 멍하니 쳐다봤다.

'뭐지?'

오크들은 다른 이들과 탄트라를 철저하게 구별했다.

다른 이는 십여 명씩 한 감옥에 무더기로 집어넣는 것과는 반대로 그는 독방에 가둬놓고 편한 생활을 보장해 주고 있었다. 중요한 제물이라서 편의를 봐주는 것처럼 보였다.

물론 전혀 고맙지 않았다.

'여자로군.'

갈색 로브를 입은 자가 들어오자 향기로운 냄새가 확 풍겨왔다. 귀족들이 뿌리는 향수 냄새는 아니었다. 여인들이 지니는 특유의 살냄새였다.

'으음.'

로브가 코 바로 윗부분까지 덮여 있어서 자세히는 안 보였다. 보이는 곳까지 느낀 바를 설명하면 잡티 하나 없는 새하얀 피부에 오똑한 코와 붉게 물든 입술 등 미인이 가져야 할 조건을 두루 갖추고 있었다.

탄트라는 오크들의 의도가 궁금했다.

'웃기는군.'

여색을 탐하는 성격은 아닌지라 이내 신경을 거둬들였다. 지금 죽게 생겼는데 여자가 뭔 소용이란 말인가.

기감으로 확인할 수는 없어도 보통 사람보단 오감이 발달해서 그런지 뒤쪽에서 움직임이 느껴졌다. 며칠 동안 혼자 있다가 누군가와 같이 생활하려니 적응이 어려웠다. 하물며 동성도 아닌 이성이라면 가려야 할 것이 많았다.

그녀는 아무것도 없는 돌 바닥에 그대로 주저앉았다. 감옥에는 가구가 하나도 없었다. 오크는 배려가 없는 종족이기에 이런 사소한 일에는 관심을 두지 않았다. 그래서 탄트라도 잘 때는 그냥 바닥에 누워 잤다.

'저 사람은 다르구나.'

샤일라스는 로브 속에서 얼굴을 살짝 돌려 감옥 바깥을 쳐다보는 탄트라를 관찰했다.

그녀의 종족 특성상 상대를 보면 그가 생각하는 바를 느낌으로서 전달받는다. 여러 가지 느낌이 들었다. 대체로 부드럽고 선했다. 추악하고 더러운 감정이 티끌만큼도 존재하지 않았다.

'나와 같은 금제를 당했어.'

오크들이 금제를 가해놓는 경우는 한 가지였다. 뛰어난 경지에 올라서 상대하기 성가실 경우 안전을 기하려고 마력과 오러를 차단한다. 자연의 기운이 말해주는 것으로 볼 때 상당한 경지에 오른 무인으로 보였다.

'하아.'

저런 강자도 이런 곳에 잡혀 오다니, 생각보다 오크 일족의 영향력이 방대했다.

지금도 이 정도일진대 계획하고 있는 의식이 성공한다면 그 영향력은 피어 마운틴을 넘어 대륙 전역으로 뻗어 나갈 것이다.

'그 일만 없었어도.'

몇 개월 전, 피어 마운틴 가장 깊숙한 곳에서 두 마리의 강력한 존재가 충돌했다. 두 존재는 마수라기보다는 태곳적부터 존재했던 지고한 종족이었다.

나가려는 자와 막으려는 자 간에서 벌어진 전투의 여파로 피어 마운틴의 일부 지형이 변화했다. 서로 간에 막대한 중상을 입고서야 전투가 중단됐지만 때는 이미 늦었다.

기회를 틈탄 오크 부족이 평소라면 하지 않았을 엄청난 짓을 벌이게 됐다. 9마리의 족장이 20만에 달하는 오크를 이끌고 두 존재를 사로잡기 위한 전쟁에 들어간 것이다.

평소라면 감히 대항할 엄두도 못 냈을 텐데 부상이 너무 엄중했던 것일까?

두 존재는 20만 오크를 전멸시켰지만 9마리의 족장에게 사로잡히게 됐다. 대기하던 오크 주술사들이 대주술사 카바크의 지휘 아래 두 존재의 육체를 봉인하고 이지를 상실케 하려는 정신 제어 주술을 강제적으로 주입하기까지 이르렀다.

아무리 강대한 권능을 지니고 있어도 중상을 입은 상태에서 육체가 봉인당하고 정신 제어를 지속해서 받자 버티기 힘들었는지 그들은 스스로 정신을 봉인해 버렸다.

샤일라스는 이곳에 잡혀온 첫날에 카바크에게 이끌려 두 존재의 상태를 봤기에 상세하게 알고 있었다.

'하아! 혼자 행동하는 게 아니었어.'

붙잡히지 않으려고 있는 힘껏 싸웠다.

그녀가 아무리 강해도 족장 두 명을 감당하기에는 무리였다. 두 존재와 일족의 생존을 놓고 결정해야 하는 갈등에 밤잠을 이룰 수 없었다.

이제 이틀만 지나면 다가오는 붉은 달의 저주에 맞춰 오크들의 의식이 시작될 것이다. 그러니 그전에 결정해야 했다. 만약 오크들이 두 존재 중 하나의 힘이라도 흡수하는 날엔 남는 건 재앙뿐이리라.

* * *

"거의 다 잠식됐군."

오크들에게 붙잡혔던 당일에 확인했던 보름달은 푸른색과 붉은색이 반반씩 섞여 있었다. 그런데 지금은 끝 일부분을 제외하면 전체가 붉은색이었다. 저 상태가 지속될 경우 하루에서 이틀, 또는 근시일 안에는 잠식이 끝날 것 같았다.

달의 색이 붉어질수록 오크 왕국 내부도 소란스러워졌다. 마수들의 각기 달랐던 이상 증세가 하나로 통합되며 광기, 분노, 파괴 등의 감정으로 얼룩졌다.

오크들도 마찬가지였다.

신경이 날카로워지면서 내부의 오러를 제어하지 못해 줄기줄기 뿜어댔다. 침착하고 차분하던 평소와는 다른 모습이다.

오크들은 마수임에도 문화 체계가 확립되어 있어서 이성적인 면이 많았었다. 하지만 점점 그러한 모습이 사라지고 마수 특유의 본성이 튀어나왔다.

그리고 변화는 또 있었다.

"어둠군."

변화가 뚜렷하지 않아서 몰랐는데, 어제부터 하루에 3~4시간을 제외하곤 어둠침침한 저녁이 지속했다. 달이 잠식될수록 점점 더 길어졌다.

달과 어둠은 모종의 관계가 있었다. 이런 괴현상이라면 어렸을 적에 전해지는 이야기로 들었을 법도 한데 도통 떠오르는 기억이 없었다.

아르벤드 대륙에 처음 나타나는 현상일 수도 있고, 실제로 벌어진 적은 있지만 별로 중요하지 않았기에 뒷전으로 밀렸을 수도 있다.

"붉은 달의 저주라고 합니다."

투명하고 맑은 목소리에 탄트라가 반응했다. 함께 생활한 며칠 동안 말 한번 섞지 않았었다. 그런데 처음으로 그녀의 말문이 열렸다.

"붉은 달의 저주?"

역시나 들어본 기억이 없다. 그녀는 이 괴현상에 대하여 잘 알고 있는 듯 보였다. 대체 저게 무엇인지 너무도 궁금했다.

스윽.

그녀의 가느다랗고 긴 손가락이 움직이며 쓰고 있던 로브를 넘기자 붉게 빛나는 달빛 아래 인간과는 비교도 못할 아름다운 얼굴이 반사됐다.

"헉!"

차마 말로는 표현하기 어려운 그런 아름다움이었다. 탄트라는 황족이어서 제국에서 뛰어나다 알려진 미인들을 수도 없이 많이 봤다.

그런데 이건 비교하는 자체가 그녀에게 모욕이었다. 겉모습을 보는 것만으로 내부가 진탕됐다. 게다가 탄트라가 놀란 이유는 미모보다도 다른 특정 부위에 있었다.

"푸훗!"

샤일라스는 당황하는 탄트라를 보며 귀여웠는지 살포시 미소 지었다. 인간들은 자신의 종족이 지니는 미모를 보면 넋을 놓고 쳐다봤다. 그도 인간이라 별반 다르지 않았다. 그러나 불쾌한 감정은 섞여 있지 않았다. 순수한 감탄, 놀람, 경악 정도가 다였다.

"귀, 귀가?"

"아!"

샤일라스는 자신의 귀를 살짝 매만졌다. 인간들이 보면 놀랄 만도 했다. 20센티미터가 조금 넘는 기다란 귀는 종족의 특성이다. 그들의 관점에서 보면 이상할 것이다.

"숲의 일족의 이장로 샤일라스가 인사드립니다."

"엘… 프?"

가슴 쪽으로 양손을 교차시켜 우아하게 인사하는 샤일라스를 보며 탄트라가 말을 더듬었다.

엘프에 관한 이야기는 황궁 도서관에서 책을 통해서 읽어봤다. 숲의 정령, 미의 화신, 조화의 종족 등등 인간에게는 전설에서나 나올 법한 종족이었다.

그런데 지금 탄트라의 눈앞에 있다.

"책으로만 보셨을 엘프가 맞습니다."

"허! 전설이 아니었다니."

샤일라스가 웃으며 말했다.

"천 년 전쯤에는 저희 엘프도 인간 세상에서 살았었죠."

아주 먼 옛날, 성년식을 치른 엘프들은 경험을 쌓기 위해 인간 세상으로 여행을 떠나곤 했다.

100년도 살지 못하는 짧은 생으로 최대한의 효율을 발휘하는 종족이 인간이다. 신기했고 배울 점이 많았다. 그러나 시간이 지날수록 엘프들의 미를 향한 탐욕이 지나치게 커졌다.

소유욕, 그러니까 노예로 쓰려는 자가 기하급수적으로 늘어나면서 죽고, 상처 입고, 자유를 억압당하는 엘프가 많아졌다. 참다못한 지도자들은 대륙 전역에 흩어진 일족의 세력을 하나로 통합시켜 피어 마운틴 내부로 숨어들었다. 금역이 아니고서는 도무지 인간들의 손길을 벗어날 수가 없었다.

쫓겨나듯 도망친 이후로는 인간에 대한 불신에 물들어 예전처럼 편안한 마음으로 여행을 즐길 수가 없었다. 그래서 인간 세상을 피했다.

"저희의 탐욕과 잘못된 행동에 의한 일이 맞습니까?"

"그 당시의 인간들은 자신의 잘못을 인정하지 않았는데 당신은 다르군요."

"저도 책에서 본 거라……."

탄트라가 황자였던 시절 '인간들의 탐욕과 변질'이라는 책을 읽은 적이 있다. 거기에는 엘프에 관한 것뿐 아니라 차마 인간이 해서는 안 되는 추악한 짓에 대한 내용과 잘못을 뉘우치지 않았던 이들의 이름 전체가 정확하게 서술되어 황궁 도서관 한편에 떡하니 놓여 있었다.

만약 책의 저자가 평민이나 힘없는 귀족이었다면 가문이 멸족당했겠지만, 제국의 5대 황제였던 페이나르께서 직접 만드셨기에 누구도 토를 달지 못했다.

"고귀한 신분이셨군요."

"부정하진 않겠습니다."

샤일라스는 900년 가까이 살며 젊었을 때 인간 세상에 나가 그들에 관한 분석도 했고 실제로 여행도 많이 다녔다. 인간은 자신을 부정하지 않는다. 그러한 책은 만들기도 어렵지만 읽기도 어려웠다. 유출되는 것을 꺼릴 테니까.

책을 읽었다면 필시 신분이 범상치 않을 것이다.

잠시 침묵이 이어졌다. 엄밀히 말하면 탄트라와는 무관했다. 그래도 그는 인간이었고 그녀는 인간들의 탐욕을 겪어본 엘프였다. 말로는 설명하기 어려운 미묘한 무언가가 있었다.

"그런데 붉은 달의 저주에 대해 아십니까?"

분위기 전환이 필요했다. 어색한 상황을 벗어날 방법에는 대화가 최고였다. 그녀는 괴현상에 대하여 잘 알고 있는 듯 보였다.

어쩌면 답답한 속내를 풀어줄지도 몰랐다.

"공용어로 레드 문이라고 부르기도 한답니다."

"음, 들어본 기억이 없는데."

"천 년에 단 하루만 나타나는 현상이고, 인간들에게는 효과가 미치지 않으니 모르실 수도 있지요."

"아."

분명 찾아보면 황궁 도서관 어딘가에 관련된 내용이 배치되어 있을 거다. 비중이 없으니 구석으로 몰렸을 테고, 그 탓에 황족과 고위 귀족들의 관심에서 도태되었으리라.

이쯤 되면 모르는 게 당연했다.

"붉은 달이 떠오르면 어떻게 됩니까?"

"마음속 깊이 잠들어 있던 본성을 극한으로 끌어올리는 매개체의 역할을 합니다."

붉은 달의 저주, 혹은 레드 문.

마수들의 내면에 내재하여 있던 본능적인 잠재의식을 극

한으로 끌어올려 폭발시키는 매개체의 일종으로 주술이나 마법과 비슷하다 보면 된다. 이는 오로지 신의 거부를 받은 마수들에게만 영향력을 발휘했다.

"진화라는 표현도 적절합니다."

붉은 달의 저주는 하루 동안 지속된다. 마수들은 서로의 힘을 흡수하기 위해 피의 축제를 벌이게 되며 여기서 살아남는다면 강력한 개체로 진화한다. 그러므로 붉은 달이 뜨는 순간 피어 마운틴 전역에는 피 냄새가 진동할 것이다.

"대충 이해했습니다. 그럼 저희는 왜 끌고 온 겁니까?"

"설명하기 복잡하지만, 주목적은 오크들이 사로잡은 두 존재의 정신, 혹은 영혼을 제어하기 위해서라고 해두죠."

"그……."

모르는 단어가 많았다. 아무래도 이것에 대해 이해를 하려면 애초부터 차근차근 설명을 들어야 할 것 같았다.

"인간은 짧은 생을 살아가는 종족답지 않게 대륙의 모든 종족 중에서 이성이 가장 발달했습니다. 주관이 뚜렷하다 보시면 편합니다. 오크들은 그런 인간들의 정신을 제압하여 두 존재의 육체로 집어넣을 겁니다. 사육이라 보셔도 무방합니다. 편리하게 그들을 조종하도록 한다는 표현도 적절하겠군요."

"두 존재가 뭡니까?"

"설명하려면 깁니다. 쉽게 말하면 까마득히 오랜 세월 동안 피어 마운틴을 지배해온 마수 정도라고 해두죠."

"하! 그럼 내 정신, 영혼을 제압해서 마수의 육체에 집어넣는단 소립니까?"

"비슷합니다."

오크들은 지난 수천 년간 발전을 거듭하며 붉은 달의 저주를 몸으로 겪으면서 끝끝내 노력하여 동족상잔을 없앨 해결책을 찾아냈다.

주술을 이용해 자신들에게 걸리는 저주를 한 개체에 몰아주는 것이다.

"그럼 오크들이 두 존재에게 자신들의 저주를 몰아주려 한다는 거군요."

"그렇습니다. 제아무리 강대하고 굳건한 정신력을 지녔다 해도 수백만에 달하는 오크의 저주를 몰아 받으면 버티지 못하고 붕괴할 겁니다."

오크들은 두 존재의 정신을 붕괴시켜 공허하게 만든 후 자신들의 주술로 제어당한 인간의 정신을 집어넣어 수족처럼 다루려는 속셈이었다.

"그럼 편하게 오크의 정신을 집어넣으면 되지 않습니까?"

샤일라스가 고개를 저었다.

"그건 안 됩니다. 본능이 앞서는 마수의 정신을 집어넣으면 폭주하게 될 겁니다. 무조건 이성이 앞서는 종족이어야 합니다."

"그런데 그토록 강대한 존재에게 일개 인간의 정신을 집어넣으면 버틸까요?"

"당연히 버티지 못합니다. 하나가 아닌 여러 개의 정신을 하나로 묶어서 주입할 겁니다.

"아아……."

질로는 안 되니 양으로 밀어붙인다는 개념 같아 보였다. 이 제야 의문이 조금 풀렸다.

"대단하군."

오크들이 이 정도까지 발전해 있을 줄이야. 바깥세상의 인 간들은 기득권 다툼에 여념이 없을 테니 이러한 사실은 꿈에 서도 생각지 못할 것이다.

"대체 얼마나 강하기에……."

족장들만 해도 아르벤드 대륙 전역을 떨쳐 울리는 기사들 에 뒤떨어지지 않았다.

하물며 그런 놈이 열 마리 가까이 됐다.

대전사까지 합치면 대륙의 모든 나라를 상대로 전쟁을 벌 여도 이길 막강한 전력이었다. 그러니 이해할 수가 없었다. 얼마나 강력하기에 오크들이 목을 매는 건지.

"사로잡힐 당시 두 존재는 중상을 입은 상태에서 오크 대 군 20만을 그 자리에서 전멸시켰고, 아홉 마리의 족장도 태반 이 죽기 직전까지 몰렸었죠. 만약 건재했다면 오크 부족 전체 가 피어 마운틴에서 사라졌을 겁니다."

20만? 지금 20만 마리의 오크를 전멸시켰다고 말하는 건가? 2만이라 해도 못 믿을 판에 20만? 이건 수준의 차이를 논하기에도 한참을 벗어나서 뭐라 말할 수가 없었다.

게다가 아홉 마리의 족장을 죽기 직전까지 몰았다는 건 더 믿기 힘들었다. 족장이고 두 존재고 죄다 괴물뿐이었다.

건재도 아니고 중상을 입은 상태에서 그랬다면 더더욱 믿기 어려웠다. 아르벤드 대륙에 한 명뿐인 그랜드 마스터도 그렇게는 못한다. 어찌 중상을 입은 마수 두 마리가 20만 오크 대군을 전멸시킨단 말인가.

"못 믿으시는군요."

"그게……."

곧이곧대로 믿기엔 너무도 허황한 이야기였다.

"어차피 곧 아시게 될 겁니다."

"곧?"

샤일라스는 하늘 위에 떠 있는 붉은 달을 보며 말했다.

"완전히 침식되어 붉은 달이 뜨는 날에는 실제로 보실 수 있을 테니까요."

물론 정신이 제압된 제물로서 말이다.

＊　　　＊　　　＊

어두운 공간이다. 칠흑같이 어두워서 한 치 앞도 분간하기 어려운 그런 곳이었다.

"정신 제압은 끝났나?"

"끙! 도무지 마지막 자존심까지는 제어할 방법이 없소이다. 자신을 스스로 봉인해 버렸소."

대주술사 카바크는 면목이 없다는 듯 도리질을 쳤다. 자신의 지휘 아래 수백에 달하는 주술사가 하나 남은 두 존재의 정신 결계를 무너뜨리려 애썼지만 실패하고 말았다.

시간이 넉넉하다면 어떻게든 해봤을 텐데, 이제 붉은 달의 저주까지는 채 며칠이 남지 않았다. 짧은 시간 내에 제압할 수 없었기에 사실상 한계에 도달한 것과 다름없었다.

"됐다. 여기까지 몰아붙인 것만도 대단하다. 저렇게 반병신이 되었음에도 수백만 오크의 대족장인 나조차 긴장의 끈을 놓을 수가 없으니."

오크 대족장 발자스는 자신의 두꺼운 가슴 근육을 가로지르는 흉터를 슬쩍 매만졌다. 두 존재와 정면으로 맞붙어서 얻은 자랑스러운 전사의 흔적이다.

만신창이가 된 몸뚱이로 20만 오크 군단을 전멸시키고 자신을 포함한 아홉 마리의 족장에게 큰 상처를 입혔다. 카바크와 휘하 주술사들의 도움이 없었다면 족장 중에서도 사망자가 나왔을 것이다.

발자스는 어두운 동굴 내부를 쭉 훑었다. 그에게 있어 어둠은 시야를 가리는 방해꾼이 아니었다. 어둠의 정중앙에는 수백 미터에 달하는 봉인 결계에 전신이 묶여 흐리멍덩한 눈빛을 띠고 있는 두 존재가 보였다.

"큭! 아직도."

압도적인 기세가 풍겨 나왔다. 저런 처참한 꼴을 하고서도 과거의 기세를 잃지 않고 있다. 중상을 입지 않았다면 잡으려는 생각조차 못했을 것이다. 둘은커녕 하나를 상대하는 데만도 일족의 존망을 걸었을 게 분명했다.

"베헤모스."

수천 년을 살아온 피어 마운틴의 두 지배자 중 하나이자 모든 늑대의 왕으로서 왼쪽 봉인 결계에 묶여 있는 존재의 이름이다. 전체적인 형태는 황금 늑대와 비슷했다.

비록 찬란한 윤기로 번들거리던 황금 갈기는 힘을 잃은 대가로 칙칙하게 변했지만 크기만큼은 산악처럼 거대했다.

4미터 가까이 되는 발자스의 육체가 반절에도 미치지 못했으며, 살아 있는 듯 넘실거리는 아홉 개의 꼬리는 그러한 크기를 더욱 부풀렸다. 저 꼬리 하나를 휘두를 때마다 수천 마리에 달하는 오크가 죽어 나갔다.

꼬리가 하나 늘어날수록 배의 병력이 필요했다.

발자스 본인도 베헤모스와 단독으로 붙으면 네 개의 꼬리를 상대하는 게 고작이다.

"아크아돈."

오른쪽 봉인 결계에 묶여 있는 피처럼 붉은 존재의 이름으로 피어 마운틴에서 파생된 마수인지 아닌지는 누구도 알지 못했다. 그저 어느 날 갑자기 나타났다고 전해져 내려온다.

체형은 작은 인간들보단 덩치 좋은 오크들과 비슷했다. 하늘 위로 높게 솟은 세 쌍의 두껍고 긴 뿔과 그 어떤 마수보다도 흉포하게 일그러진 얼굴은 보기만 해도 오금을 저리게 만들었다.

이마에 달린 눈을 포함해 세 개의 눈을 가지고 있는 그와 마주치면 강력한 정신 지배 탓에 베헤모스를 제외하곤 제정신을 유지할 수 없었다.

피처럼 붉은 피부 바깥으로 튀어나온 핏줄은 끊임없이 꿈틀거리고 있었는데 그는 자신의 육체 전체를 어떤 모양으로든 변화시켜 백병전에 있어선 베헤모스도 따라가지 못했다.

"크크크큭!"

언제인지 모를, 아주 오래된 옛날부터 피어 마운틴에 군림해 온 최강의 종족이 자신의 손아귀에 들어왔다. 저들을 제압하기 위해 막대한 희생을 치렀지만 전혀 아깝지 않았다.

다가오는 붉은 달의 저주에 거행되는 의식이 성공한다면 피어 마운틴 전역을 오크족의 발아래 둘 수 있으며, 나아가 대륙을 정벌할 힘을 얻을 수 있다.

"제물의 준비는?"

"많이 준비했지만, 중심이 될 만한 제물은 하나밖에 구하지 못했소."

"흠, 대놓고 병력을 바깥으로 보내진 못하니. 하나라… 어느 정도 수준이지?"

"락샤샤의 어깨에 구멍을 뚫었다고 하더이다."

발자스는 턱을 쓰다듬으며 일족의 전사들과 비교해 봤다. 대전사에는 미치지 못할 것 같고, 전사장보다는 강할 것이다. 그 정도면 중심이 될 자격이 충분했다.

"둘 중 어디에 주입할 예정인가?"

"차후 보고에 올리려 했지만, 아크아돈 쪽을 생각하고 있소."

"왜지?"

"딱히 이유는 없소. 그저 락샤샤의 보고로는 아크아돈과 그 인간의 전투 성향이 비슷하다 했기에 혹시나 해서 정했소."

하긴 뭐를 어디에 주입하든 관심 없었다. 오로지 성공하느냐 실패하느냐가 중요했으니까.

"좋아, 일단 의식에 필요한 준비를 시작하라."

"알겠소."

명을 받은 카바크는 준비를 위해 지하 공간을 벗어났다. 볼일이 끝난 발자스도 따라 나가려다 잠시 뒤를 돌아봤다.

"크크, 중상을 입어서 잡혔다는 변명은 하지 마시오."

봉인된 존재들이 대답할 리 없었지만 신경 쓰지 않고 말을 이었다.

"어차피 강한 자가 이기는 게 아니라 이긴 자가 강한 거니까."

　이상한 논리임에도 딱히 틀리다고 말하기는 모호했다. 아무리 강하다 해도 죽으면 무의미한 것이니까. 두 존재는 발자스뿐만 아니라 그 누구보다도 강했으나 지금은 이렇게 봉인되어 있다.

　강한 게 전부는 아니라는 단편적인 예였다.

　"재미있는 일이 생겨날 것이외다. 기대들 하시오."

　쾅!

　그 말을 끝으로 숨겨진 기관을 작동시키자 두 존재와의 시야가 차단되었다. 발자스와 카바크가 나간 자리에는 시뻘건 눈빛을 한, 두 존재만이 덩그러니 남아 있었다.

제4장

분노의 악마

변화의 시작은 오크 왕국의 중앙 지역 대족장의 군락에서부터였다. 완연한 붉은 달이 떠오르자 지름 수 킬로미터에 이르는 거대한 육망성의 마법진이 생성되며 사방을 통째로 감싸 버렸다.

우우우!

오크들이 세워놓은 거대한 기둥으로 그들의 몸에서 빠져나온 마이너스적 사념이 한꺼번에 몰려들었다. 수만, 수십만이 넘는 오크의 사념을 흡수하기 시작한 기둥은 시간이 지날수록 피처럼 붉게 물들었다. 그럼에도 끝날 기미가 보이지 않았다.

"놔!"

오족장 쿠란에게 오러를 금제당한 탄트라는 일반 오크 한 마리의 손아귀도 뿌리치지 못했다.

미친 듯이 반항해도 헛수고에 불과했다. 사지가 포박되어 의식이 거행되는 곳으로 끌려가는 중이다. 지금의 그는 얇은 쇠사슬조차 끊지 못할 정도로 약해져 있었다.

설사 금제에 당하지 않았어도 빠져나가기는 요원한 일이 었다. 이미 주변 일대는 수십만이 넘는 오크 군단이 제물들의 도주를 방지하려고 대족장의 군락을 기점으로 벽을 쌓아 동 그랗게 포위하고 있었다.

"제기랄! 으아아아!"

"살려줘!"

기둥 가까이 다가갈수록 다른 인간들과 마수들이 탄트라 처럼 반항하며 강제로 끌려오고 있었다. 살기 위해 발버둥치 는 것은 인간이든 마수든 종족을 가리지 않았다.

'하아! 이그드라실이시여!'

샤일라스는 나무의 신 이그드라실에게 기도하며 조용히 오크들의 뒤를 따라갔다. 반항해 봐야 힘만 빠질 뿐이다.

"열어라!"

수십만의 오크 대군을 거느리고 나타난 구족장 나부타의 명령이 떨어짐과 동시에 오크들이 기둥 근처에 만들어진 석 상을 붙잡고 힘차게 돌렸다.

드르르!

의식이 거행될 지하 공간으로 내려가는 계단이 모두의 시선에 드러나는 순간이었다.

이건 지옥으로 가는 입구였다.

'이렇게 죽을 수는 없어!'

전사장과 대전사 이상의 오크 수백 마리가 그보다 몇 배는 많은 인간과 마수들을 지하로 끌고 내려갔다.

쓸모없는 마수들은 의식에 거행되는 부족한 마력을 충당하기 위한 살아 있는 생명력이었고, 인간들은 꼭두각시로 만들어 정신을 뽑아 두 존재에게 주입할 것이다.

어두운 계단 끝에서 새어 나오는 빛줄기가 점점 강해졌다. 지하 공간에서 새어 나오는 불빛으로 보였다. 한참을 내려가던 탄트라의 시선에 육중한 철문이 나타났다.

철컥!

나부타는 분별하기 어려운 돌벽을 차례차례 만지작거리다가 살짝 눌렀다.

쿠쿠쿵!

숨겨져 있던 기관이 작동하며 철문이 양옆으로 활짝 열렸다. 그 덕분에 내부의 모습이 한눈에 들어왔다. 가장 먼저 식별한 것은 다른 오크들보다 훨씬 거대하고 강대한 기운을 뿌리는 족장들과 주술사였다. 그다음으로는 봉인 결계에 결박당해 꿈쩍도 못하는 두 마리의 마수였다.

"하하!"

말로만 듣던 대족장이 풍기는 기세가 탄트라를 옭아맸다. 지금까지 느껴왔던 무의 상식이 완벽하게 깨졌다. 알칸시아 제국 최고의 기사이며 대륙 유일의 그랜드 마스터인 데메우스 대공보다도 강해 보였다.

죽기 싫다고 생각한 게 조금 전인데 대족장을 보는 순간 의욕을 잃었다.

끝까지 포기하지 말라고? 그런 건 희망이 존재할 때나 할 법한 소리다. 이런 상황에선 전부 쓸데없는 개소리에 불과했다.

모든 걸 놔버리니 편안했다.

병신 같다고 손가락질할지도 모른다. 그러나 어쩌란 말인가? 마스터가 아니라 마스터 할아비가 와도 이곳에서 빠져나가지 못한다.

더는 살려고 발악하는 것도 추해 보였다.

그동안 탄트라는 샤일라스를 통해 두 존재에 관해서 대략적인 설명을 들어 이름과 특징 정도는 파악하고 있었다.

그리고 바로 어제 다시금 찾아온 락샤샤가 누구에게 흡수당할 예정인지 알려줬다.

'저게 베헤모스와 아크아돈인가?'

꼬리가 아홉 개 달린 거대한 황금색 마수와 세 쌍의 뿔이 달린 붉은색 마수가 시야에 잡혔다. 중상을 입은 상태에서 육체가 봉인당하고 정신이 붕괴하여서인지 강하고 약하고를 판

별할 수가 없었다.

'큭! 무슨 상관일까. 곧 죽을 텐데.'

죽음을 앞에 두고도 발휘되는 인간의 호기심은 참으로 대단했다. 두 존재를 유심히 쳐다보던 탄트라가 아크아돈 쪽으로 시선을 고정했다. 그래도 정신이 주입될 마수이다 보니 베헤모스보다 관심이 가서였다.

군락지를 감싸고 있는 육망성을 뚫고 지하 공간까지 박혀 들어간 기둥이 붉게 빛나며 모여든 오크들의 사념이 그곳과 연결된 마법에 따라 두 존재에게 유입됐다.

"부족한 생명력을 바쳐라!"

발자스가 소리치자 대주술사 카바크와 다른 주술사들이 각자 맡은 자리로 이동해 주문을 외웠다.

쿠어어어!

전사장과 대전사들이 직접 움직여 마수들을 가리지 않고 학살했다. 거대한 마수들에게서 피가 분수처럼 뿜어져 나왔고, 곧 그 피는 두 존재를 강제하고 있는 봉인 결계에 흡수됐다.

"싫어!"

"으아아아!"

마수들이 죽는 모습을 본 인간들이 공포에 잠식되어 미쳐 날뛰었다. 오크들은 그들이 움직이지 못하도록 꽉 붙잡았다. 의식에는 순서가 있었고, 아직 인간들의 순서가 아니었다.

[탄트라님!]

탄트라는 자신의 뇌리를 직접 파고드는 음성에 힘없이 고개를 들었다. 누구에게서 전해지는 음성인지 알 수는 없었다. 목소리가 들리는 게 아닌 뜻만 전달되는 것이다.

[저 샤일라스를 잊으시면 안 됩니다!]

무슨 의미일까? 숲의 종족 엘프를 잊지 말라는 것일까?

아니면 그녀 자체를 잊지 말라는?

한 감옥에 갇혀 있기는 했었지만 별다른 교류는 없었던 샤일라스가 이 순간에 저런 말을 하는 게 이상했다. 그녀의 의도가 무엇인지 알 수가 없었다.

"카라쿠라! 카루루! 아발타!"

주술사들이 주문을 외우자 인간들의 눈빛이 흐리멍덩하게 변해갔다. 드디어 영혼 제압에 들어간 것이다.

'끄윽!'

탄트라는 흐릿해지는 이성을 부여잡으며 주문에 대항했다. 아프다기보단 뭔가가 머리를 파고드는 느낌이다. 자꾸만 이어지던 정신이 가닥가닥 끊어지고 잠이 왔다. 놔버리면 편해질 텐데, 그러면 마지막이 될 것이란 생각에 끝까지 버텼다.

"역시 이놈은 좀 힘들군."

"뛰어난 인간이니 시간이 걸리겠어."

한 마리의 오크 주술사가 붙어서 제압이 안 되자 두 마리의 주술사가 붙었고, 그마저도 시간이 지연되니 세 마리가 붙어 정신 제압에 들어갔다. 그러기를 몇 차례, 드디어 탄트라의 정신이 오크들에게 귀속됐다.

"이놈에게 주입될 명령이 통제였나?"

"예, 가장 중요한 명령어로써 다른 여러 종류의 정신을 하나로 통제하는 중추가 될 예정입니다."

"아크아돈부터겠지?"

"베헤모스보다는 성공 확률이 높기에 그리 정했습니다."

베헤모스는 탄트라처럼 중심을 잡아줄 정신이 없었다. 그렇기에 아크아돈보다 많은 영혼을 주입해 짜깁기하여 일일이 명령을 내릴 예정이었다.

물론 성공한다는 전제하에서다.

"숲의 하수인아, 네년이 실패하면 엘븐 우드 전체를 불바다로 만들어주겠다."

샤일라스는 제물이 되려고 잡혀온 것이 아니었다. 그녀는 피어 마운틴에 사는 엘프들의 지도자 중 한 명인 하이엘프였다. 더불어 대단한 경지에 올라선 대마도사이기도 했다.

그녀는 붉은 달의 저주를 대비해 엘븐 우드에 설치할 방어 결계에 쓰일 재료를 구하려고 단독으로 움직였다가 오크들의 덫에 걸리고 말았다. 두 마리의 족장과 수백의 오크 전사에게 둘러싸여 엄청난 전투를 벌였지만 결국 패배했고, 일족의 목숨을 담보로 의식에 성공하기 위해 잡혀오게 됐다.

두 종족 간의 전력 차이는 다섯 배 가까이 됐다. 그럼에도 오크들이 엘프들을 죽이지 못하고 가만히 놔둔 이유는 베헤모스 때문이다. 베헤모스가 유독 그들을 편애했기에 강력한 수호자의 보호를 뚫고 죽일 자신이 없었다.

그런데 이번에 베헤모스를 사로잡게 됐다. 더는 엘프들을 보호해 줄 존재가 없었다. 죽기 싫으면 명령에 따라야 했다.

"당신들이 저들을 제압할 수 있다고 보나요? 지금은 어떻게 성공해도 나중에는 오크 일족 전체가 몰살당할 겁니다!"

샤일라스는 적의에 찬 말투로 미래를 예견했다.

"크크! 그럴지도 모른다. 수십, 수백 년이 흘러 예전의 상태를 회복하면 네년의 말대로 될 가능성은 분명히 존재한다. 하지만 최소 백 년은 일족의 사냥개가 되겠지?"

"이익!"

의식에 성공하면 아무리 두 존재라도 이른 시일 내에 정신을 복구하진 못한다. 오랜 세월이 지나 안정이 되고 나면 예전으로 돌아올 가능성은 충분했다. 그럼에도 이렇게 밀고 나가는 이유는 단순했다.

발자스는 자신의 사후에 일어날 일에는 관심이 없었다.

살아 있는 동안에만 원하는 대로 되면 그것에 만족할 뿐이었다. 후손의 일은 후손이 해결해 나가야 했다. 위대한 오크의 피를 이은 전사가 그쯤 되는 난관도 극복 못하면 살아 있을 가치가 없었다.

"결코 성공하지 못할 거예요."

"못해도 상관없다. 지금까지 숨죽이고 있던 이유가 힘이 없어서라고 생각하나? 착각하지 마라. 베헤모스와 아크아돈이 저런 꼴이 된 이상, 의식에 실패해도 오크들을 막을 존재는 어디에도 없다."

샤일라스는 이를 악물었다. 틀린 말이 하나도 없었다. 수백만 오크의 힘은 상상을 초월한다. 개개인의 능력은 엘프들이 뛰어났지만 월등하지는 못했다. 고작 30만도 안 되는 숫자로는 오크 군단을 막을 수 없었다.

"네년은 엘프들 걱정이나 해라. 실패할 경우 내 친히 가서 퀘르네인의 모가지를 따줄 테니까."

의미심장한 경고를 내뱉은 발자스는 샤일라스에게 신경을 거두고 의식이 거행되는 곳으로 돌아갔다.

꽉!

그녀는 자그마한 주먹을 꽉 쥐며 속으로 기도했다.

'굳고 선했던 당신의 의지를 믿습니다, 제 가호를 받은 분이여!'

탄트라를 믿는 수밖에 없었다. 오크들이 두 존재 중 하나라도 손에 넣는다면 아르벤드 대륙에 다시없을 대재앙이 일어날 것이다. 어떠한 변수도 그들을 막지 못하리라.

"의식을 거행하라!"

*   *   *

피로 채워진 거대한 호수 주변은 갈기갈기 찢긴 생명체들의 주검으로 가득 채워져 있었다. 진동하는 피 냄새와 광기가 난무하는 이곳은 피어 마운틴의 두 지배자 중 하나인 아크아돈이 만들어낸 가상공간이었다.

그리고 그 한가운데에는 시뻘건 육체와 세 쌍의 뿔을 지닌 존재가 주검들을 뭉개고선 우두커니 앉아 있었다. 그에게선 세상 모든 자를 압도하는 패기가 뿜어져 나왔다.

─하찮은 인간들이 침범할 정도로 내 정신이 무너졌는가?

아크아돈은 한탄했다. 이런 수모를 겪어야 한단 것을 아직도 믿을 수가 없었다. 마지막 정신 결계를 보호하기 위해 스스로를 봉인했다. 열등한 하급 생명인 오크들의 하수인이 되어 비참하게 살 바에야 죽음을 택하리라.

─녀석도 같은 상태겠지?

베헤모스도 사정은 마찬가지일 것이다. 떼로 몰려다니는 돼지 놈들이 정말 단단히 준비했다. 둘이서 싸웠던 지역은 강력한 마수들로 보호받는 중심 지역이었다. 그럼에도 수십만 오크 대군을 몰고 와서 강제로 뚫어버렸다. 자신들을 잡으려고 일족의 존망을 걸었다고 보면 된다.

─자만의 결과인가.

열등한 것들은 언제까지나 열등할 줄 알았다. 오크 따위라고 무시한 결과가 이런 것일 줄이야.

　─오는군.

오크들에 정신을 제압당해 통제권을 상실한 인간들의 영혼이 다가오고 있었다. 선두의 영혼은 다른 것들에 비해 훨씬 강했다. 뒤따르는 형태로 보건대 대장급으로 보였다.

　─이상하군.

이해하기 어려운 점이 있었다. 선두에서 다가오는 영혼에게서 하이엘프의 가호가 느껴졌다.

그것도 진심으로 만든 가호였다.

　─흠, 그냥 엘프도 아니고 하이엘프의 가호라…….

베헤모스와 싸울 때마다 유난히도 방해를 일삼던 종족이 엘프였다. 가식이 없고 진실된 종족이기에 어느 정도는 인정해 줬다. 하지만 죽인 숫자가 많아서 서로 간의 사이는 꽤 껄끄러웠다.

어째서 하이엘프의 가호가 느껴지는지는 모른다. 그래도 왠지 호기심이 생겼다. 우선은 다른 영혼부터 전부 죽이고 봐야겠다. 아무리 약해졌다 해도 저따위쯤은 죽일 수 있을 것이다.

　─되려나?

솔직히 자신은 없었다.

　　　　*　　　*　　　*

―샤일라스를 잊으시면 안 됩니다.

탄트라는 흐릿해지는 이성 사이로 자신을 부르는 소리를
들었다. 오크들의 주술에 정신을 제압당하면 꼭두각시가 된
다고 했다.

어떻게 스스로 생각을 하고 있는지 이해할 수가 없었다.

[제발!]

[아, 샤일라스님.]

탄트라는 그녀의 간절함에 대답했다.

자세한 사정은 모른다. 그저 주술의 제어가 풀렸다는 정도
만 인지하고 있다.

'내가 영혼이 된 건가?'

아크아돈의 정신세계로 보인다. 탄트라는 자신의 몸 구석
구석을 살폈다. 본인의 기억을 토대로 재구성돼서인지 조금
낯선 점을 제외하면 모습은 현실과 다를 바가 없었다.

'다신 돌아가지 못하겠지.'

주술은 풀렸다. 그래도 정신이 육체를 이탈했다는 점은 변
하지 않았다. 아마 다시는 돌아가지 못할 것 같았다.

콰콰콰콰!

그의 주변은 폭음과 비명이 난무하는 전쟁터였다. 붉은 마
수와 수백 개의 영혼이 한데 뭉쳐 싸우고 있었다. 전신을 자

유자재로 변환시켜 상황에 맞춰가는 붉은 마수에 의해 영혼들이 유린당했다. 그는 일정한 형태가 없었다. 원하는 무엇으로도 변화할 수 있었다.

[오! 신이시여! 정신을 차리셨군요!]

[왜 제가 정신을 유지하고 있는 겁니까?]

의아함이 가득하면서 핵심을 찌르는 질문이다.

[대화를 유지하기가 힘들기에 길게 설명할 시간이 없습니다.]

그녀의 말에 동의했다. 이런 상황에서 이런저런 설명을 나열하는 것 자체가 웃기는 일이다. 당장 중요한 일은 앞으로 어찌해야 하는가이다.

[그와 대화를 하세요.]

붉은 마수와 대화를 하라고? 접근하는 순간 사지가 찢겨 죽을 것 같았다. 상식적으로 말이 안 되는 소리였다.

[아크아돈은 제 가호의 기운을 느꼈을 겁니다. 좋은 관계는 아니지만 무작정 공격하진 않을 것이니 서로 도움이 될 수 있는 공통점을 찾아내셔야 합니다.]

머리가 복잡했다.

전후 내용을 삭제하고 중간만 설명하는 꼴이다. 대체 그녀가 전하는 내용이 뭔지에 관해 곰곰이 생각했다. 그러나 실마리도 잡히지 않았다. 엎친 데 덮친 격으로 점점 그녀의 말이 끊어지고 있었다.

[오크… 야망… 설득을…….]

뚝!

[샤일라스 님?]

불안하던 정신 감응이 풀려 버렸다. 그녀의 역할은 자신의 이성을 일깨우는 것과 짧은 시간 내에 단편적인 정보를 제공해 주는 정도가 전부인 듯했다. 이제부터는 누구의 도움도 없이 홀로 헤쳐 나가야 할 시간이다.

콰콰콰콰!

전투는 거의 막바지로 치닫고 있었다. 수백에 달하는 영혼은 전멸을 코앞에 뒀으며, 아크아돈 역시 굳건한 육체가 흉측한 자상들로 가득 차서 심각한 상처를 입은 상태였다. 피처럼 붉었던 피부색도 조금씩 흐려지고 있었다.

'난 살아날 수 있을까?

그녀의 마지막 전언은 대화였다. 싸우라는 뜻이 아니다. 저 초월적인 존재와 자신의 사이에서 공통점을 찾아내라고 했다.

대체 무엇을 원하는 걸까? 어떻게 해주길 바라는 걸까? 온갖 상념이 나타났다 사라지고를 반복했다.

'온다.'

전투를 끝낸 아크아돈이 탄트라 쪽으로 다가왔다. 적의는 보이지 않았다. 그렇다고 안심할 수는 없었다.

—인간과 대화를 하는 게 얼마 만이지?

뇌리를 스치는 이질적인 소리에 고개를 들었다. 아크아돈의 세 개의 눈은 탄트라를 똑바로 바라보고 있었다. 그는 찰나 동안 탄트라를 관찰했다. 그리고는 이내 한숨을 내쉬었다.

─삼마안의 효과도 사라졌군. 뭐, 그만큼 망가졌단 뜻이겠지.

아크아돈은 자신의 눈과 마주치고도 멀쩡한 탄트라를 보며 씁쓸하게 되뇌었다. 건재한 상태였다면 지금쯤 정신 지배를 받아 침을 질질 흘리고 있을 것이다. 모든 존재의 심령을 강제하는 삼마안의 효과는 그럴 능력이 충분했다.

─인간치고는 쓸 만한 정도는 되겠어.

그는 탄트라의 영혼을 짧게 훑어본 것만으로 어느 정도의 수준인지를 파악했다.

평범한 인간은 제물로서의 가치가 없었다. 오크들의 주술을 버티려면 기본이 갖춰져야 했다. 하물며 그런 영혼들을 담당하는 중추로 선택받았다는 건 특별하단 의미다.

샤일라스의 도움을 받았다지만 인간의 나약한 정신력으로 오크들의 주술을 파훼하고 자신의 공간에서 이성을 찾았다는 자체만으로도 칭찬받을 자격이 있었다.

─제물로 잡혀온 것을 보면 의도적은 아닐 테고, 하이엘프의 가호를 받은 이유가 뭐지?

탄트라는 아크아돈이 하는 말을 알아듣지 못했다.

"난 하이엘프의 가호가 뭔지 모른다."

하이엘프의 가호는 일종의 축복이다.

효과가 다양해서 일일이 나열하긴 힘들지만, 인간이 받으면 평생 건강하게 살며 동물들의 사랑을 받는다.

―흠, 그럼 그 하이엘프가 너에게 아무런 이야기도 하지 않던가?

"그저, 대화하라더군. 공통점을 찾으라면서."

―공통점이라……

아크아돈은 수천 년을 살아오면서 많은 경험을 쌓았다. 그에 따라 상황 판단 능력도 뛰어났다. 인간이 생각하는 이상의 경우의 수를 차례대로 나열할 수 있는 정신력을 지니고 있었다.

―그렇군.

정체 모를 하이엘프가 저 인간을 통해 무엇을 말하고 싶어 하는지를 알아들었다.

―시간도 없고.

질질 끌다간 대주술사 카바크가 샤일라스의 계획을 알아채고 강제로 제압할 것이다. 그렇게 되면 남는 건 앞으로 겪어야 할 비참한 말로뿐이다.

그전에 정리를 끝내야 했다.

―무엇을 원하는가?

"살고 싶다. 하지만 오크 따위에게 지배당해 살 바에는 그냥 죽는 게 낫겠지."

―나와 같군.

둘 다 살고 싶었다. 그렇다고 해서 열등한 돼지들에게 잡혀 사는 건 싫었다. 차라리 죽음을 택할 것이다.

―이런 상황을 유도하기 위해서 가호를 씌운 거군.

가호가 없었다면 그는 정신을 차리지 못했을 것이고, 육체를 차지하라는 명령에 따라 서로 싸웠을 터다. 어쩌면 이것이 마지막 기회일지도 모른다.

―정녕 방법이 없군.

자신의 육체를 장악하려면 강제적과 자의적 두 가지 방법이 있다. 샤일라스는 아크아돈에게 부탁했다.

탄트라를 받아들여 달라고.

―하지만 그렇게 되면…….

육체의 제어권이 넘어간다. 아크아돈의 정신 결계는 그만큼 약해진 상태였다. 그대로 받아들이면 정신 자체가 소멸하고 상대방만 남는다.

즉, 육체만 빼앗기고 그만 살려주게 된다.

―손해 보는 것은 싫으니까.

아직은 죽고 싶지 않았다. 죽기 전, 꼭 이루고 싶은 소원이 남아 있었다. 그래서 정신이 소멸하면 안 되었다.

―좋아.

위험한 방법이었지만 지금이 아니면 시도할 기회조차 생기지 않을 것이다.

—살아남으면 뭘 할 생각이지?

"남에게 휘둘리지 않는 그런 자유로운 삶을 원한다. 여행도 떠나고 못해본 것도 해보는 그런 삶을."

그게 어떤 삶인지는 모르겠지만 지긋지긋한 피어 마운틴을 벗어난다는 것 하나는 마음에 와 닿았다. 망할 베헤모스만 아니었다면 진작 나갔을 텐데.

—널 살려줄 수도 있다.

"정말인가?"

살려줄 수도 있다는 말에 희망이 보였다.

그러나 탄트라는 황족이었다. 권모술수가 난무하는 세상에서 30년을 살았기에 대가 없는 보답이 없다는 것쯤은 잘 알고 있었다.

그도 필시 원하는 게 있으리라.

—난 그만 고향으로 돌아가고 싶다. 다른 건 관심 없다.

탄트라가 알기로 그는 마수다. 그럼 피어 마운틴이 고향일 텐데? 다른 곳에서 흘러들어온 것인가?

"고향이 어디지?"

—마계.

생각지 못한 대답에 꿀 먹은 벙어리가 돼버렸다. 책으로만 보던 마계가 있다는 것만 해도 놀라운 일인데, 연관해서 생각해 보면 그는 마수가 아닌 악마라는 뜻이 성립된다.

이걸 믿어야 할지 말아야 할지 갈피조차 잡히지 않았다.

―나와 하나가 되면 자연히 모든 것을 알게 될 것이다. 어떤가? 계약하겠는가?

아크아돈은 탄트라를 그대로 받아들이는 대신 서로의 정신을 융합할 생각을 하고 있었다. 그냥 육체를 내어주기에는 억울했다. 하나가 된다면 서로의 인격과 기억이 합쳐져 둘이자 하나인 그런 존재가 탄생할 것이다.

―하겠는가?

고향으로 돌아가고 싶은 자와 자유롭고 싶은 자가 하나씩 주고받으면 되는 간단한 계약이었다.

―좋아, 계약하겠다.

죽으면 아무것도 남지 않는다. 그걸로 끝이다. 무엇이든 살아야 의미가 생긴다. 악마든 괴물이든 상관없었다. 삶을 이어갈 수 있다면 뭔들 못하랴.

―융합하면… 부작용이 생길 것이다.

"부작용?"

폭주.

평소라면 조용히 서로의 영혼이 하나로 합쳐졌을 것이다. 하지만 지금 하늘 위에는 붉은 달이 떠 있었다.

육체는 있지만 정신이 망가진 자와 정신은 있지만 육체가 없는 이질적인 둘이 아무런 문제 없이 하나가 되기에는 정말 최악의 시기였다.

평소라면 붉은 달의 저주가 아무리 강력해도 그의 정신을 어지럽히지 못한다. 그러나 이런 만신창이 상태라면 합쳐지는 틈 사이로 악마의 본성이 튀어나올 것이다.

빠르면 며칠 안에 끝날 수도 있다. 반대로 오래 걸리면 수십 년이 걸릴지도 모른다. 즉 안정되는 데까지 걸리는 시간은 알 길이 없었다.

—그래도 상관없나?

"…산다면… 그래도 산다면… 원하는 삶을 살 수 있다면 하겠다."

—좋다, 이름이 뭐지?

"알칸시아 폰 탄트라."

악마는 계약자를 철저히 가렸다.

아르벤드 대륙에 알려진 악마에 관한 내용은 대부분이 왜곡되어 있었다. 객관적 사실이 뒷받침되지 않은, 뭣도 모르는 학자들이 자신의 주관적 의견만으로 적어놓은 거짓에 불과했다.

악마와 계약을 맺는 데 들어가는 마력은 표현할 수 없을 정도로 어마어마했다. 고로 자격이 없는 자는 계약자로서의 가치도 없었다. 힘을 줘봐야 활용하지 못할 게 뻔히 보이는데 귀중한 마력을 낭비할 수는 없었다.

악마는 절대로 강요하지 않는다.

계약을 맺고 그들의 영혼을 뺏는다는 소리도 반쯤은 틀렸다. 영혼을 뺏는 게 아니라 계약하며 힘을 나눠 준 대가로 그 영혼이 쌓아놓은 힘을 흡수하는 것이다. 원하는 대로 도움을 줬으니 보답을 받는다는 이치였다.

계약자가 먼저 계약을 어기지 않는 한 그들의 영혼을 함부로 취할 수 없었다. 영혼이 강제로 강탈당하는 이들은 계약을 어기고 보답을 하지 않으려 해서였다.

그런 게 와전되고 와전되어 결국 악마는 이단이며 배덕이자 악의 화신이 돼버렸다.

악마들은 엄밀히 말하면 인간과 비슷했다. 개체마다 개성을 지니고 있었기에 특징지어 설명할 수 있는 존재가 아니었다.

지금에 와서는 마계와 대륙을 연결하는 데몬 게이트가 닫혀 버려 전설상의 종족이 돼버렸지만 분명 실존했다.

즈으으웅!

아크아돈은 정신을 집중해 계약의 주문을 외웠다.

―나는 분노의 악마 아크아돈. 나와 마지막 계약을 하겠는가?

"계약하겠다."

―미래의 일은 미래의 일. 결과는 알 수 없겠지만 이제 우린 하나다.

파아아앗!

눈이 멀 것 같은 휘황찬란한 빛이 온 사방을 감싸자 이어지고 있던 탄트라와 아크아돈의 정신이 끊어졌다.

　　　　　*　　　*　　　*

　콰우우우우!

　아크아돈에게서 붉은 기운이 폭사되자 살을 에는 끔찍한 살기가 지하 공간 전역을 잠식했다. 이에 오크 대전사 밑으로는 부들부들 떨며 뒤로 물러섰고, 대전사들도 겨우 버티고 있었다. 오로지 족장들만이 평정심을 잃지 않고 상황을 주시했다.

　"성공이로구나!"

　붉은 기운은 붉은 달의 저주에서 발생한 오크들의 사념이었다. 그것이 전부 아크아돈의 힘으로 전환되었고 남은 찌꺼기가 분출된 것이다. 애초의 목적은 둘 중 하나라도 정신 제압에 성공하는 것이었는데 이리 쉽게 될 줄은 꿈에도 몰랐다.

　스스스.

　뿜어진 붉은 기운이 아크아돈을 감싸자 전신에 새겨져 있던 상처들이 빠르게 아물었다. 진물이 흐르던 상처가 터져 나오며 새살이 돋았다. 새살은 곧 딱지가 앉았고, 딱지는 금방 아물어 터질 듯이 부푼 육체를 재구성했다.

　발자스는 베헤모스 쪽을 쳐다봤다. 아무런 변화도 없었다. 아직도 영혼들이 싸우고 있는 것처럼 보였다. 실패해도 상관없었다. 아크아돈의 성공만으로 만족했다.

물론 둘 다 성공하면 좋겠지만 무리일 것이다.

"크하하하하!"

"축하합니다, 대족장님!"

오크들은 온통 축제 분위기였다. 족장들도 말은 안 해도 은근히 기쁜지 웃고 있었다. 앞으로 남은 건 오크 일족의 찬란한 번영뿐이다. 마수들과 인간들의 사체 속에서 하기에는 참으로 잔인하고 무서운 행동이었지만 오크들은 그런 것에는 신경도 쓰지 않았다.

'어떻게 됐을까?'

샤일라스는 입가에 흐르는 피를 닦으며 속으로 생각했다. 그의 이성을 일깨우고 오크들의 주술을 보조하는 데 막대한 마력을 소모하여 역류 현상이 생겨났다. 오크들은 그녀가 성공의 후유증으로 다친 줄 알았다.

"약속을 지키세요."

샤일라스의 말에 발자스가 고개를 돌렸다.

"약속? 오크의 약속을 믿나?"

"지키지 않겠다는 뜻인가요?"

"당연하지. 어차피 대륙을 정벌할 텐데 엘프를 살려둘 이유는 없다."

"이익!"

발자스는 그녀를 뒤로한 채 아크아돈을 향해 걸어갔다. 역류 현상을 일으켰으니 금제를 풀어줬어도 싸울 여력이 없을 것이다. 당장은 죽이지 않고 내버려 둘 생각이다.

"크크크크!"

힘을 되찾은 아크아돈은 발자스와 비슷한 덩치를 보유하고 있었다. 하지만 지닌 바 능력은 비교조차 할 수 없었다. 자존심이 상했다. 수백만 오크의 대족장인데도 저들 중 하나를 상대하지 못했다. 중상을 입은 상태에서도 혼자였다면 죽었을 것이다.

하지만 어쩌랴. 이제 다 끝난 것을.

"카바크!"

"말씀하시오"

"어떻게 제어하지?

대족장이라고 해서 주술까지 사용할 줄 아는 건 아니었다.

"그냥 명령하면 알아먹을 거요."

여러 명령어를 집어넣었기에 말하기만 하면 저절로 따를 것이다. 복잡한 절차는 필요 없었다.

드드드드!

갑자기 생긴 현상이다.

베헤모스의 육체가 부르르 떨리며 강대했던 육체가 조금씩 줄어들었다. 날카로운 이빨과 발톱이 뭉툭하게 변했으며 넘실거리던 아홉 개의 꼬리도 하나밖에 남지 않았다.

"이, 이건 뭐지?"

"흠, 아무래도 베헤모스 쪽은 의식이 실패한 것 같소이다."

마지막 정신 결계를 무너뜨리지 못했다. 베헤모스는 이용당하느니 자신의 모든 힘을 봉인해 버렸다. 이건 자신을 스스로 죽이는 것이나 다름없었다.

그는 자존심을 택했다.

터벅터벅.

"크하하하! 재미있구나! 내 애완동물로 삼아야겠어."

이래서야 죽이려던 생각이 싹 달아났다. 손을 쓴다는 것 자체가 수치였다. 가지고 다니면서 그동안 겪었던 치욕을 풀기에 제격이다. 위대한 존재에서 비천한 존재로 전락한 자기 자신을 한탄하게 할 것이다.

베헤모스를 묶어놓은 봉인 결계는 지닌 바 효력을 다했는지 빛이 감소했다. 가만두면 저절로 사라질 것이다.

눈을 감고 있었지만 배가 들쑥날쑥하는 것으로 보아 죽지는 않은 듯싶었다.

발자스는 베헤모스에게서 시선을 거두고 아크아돈 쪽으로 걸어갔다. 전성기 시절의 강함을 찾은 그의 육체는 오러로도 뚫을 수 없는 터질 듯이 부푼 근육으로 뭉쳐져 있었다.

어떠한 형태로도 변화하는 그의 육체는 그랜드 마스터에 오른 자신의 할버드로도 가르지 못했다. 건재한 상태라면 혼자서도 오크족 전체 전력의 반은 상대할 것이다. 그야말로 괴물 그 자체였다.

"눈을 떠라."

번쩍!

붉은빛이 터지며 아크아돈의 세 개의 눈이 뜨였다. 보고 있기만 해도 정신이 몽롱해졌다.

으으으으!

공포에 질린 오크들이 아크아돈과의 거리를 벌렸다. 대전사들도 끊어질 듯 아찔한 이성을 아슬아슬하게 부여잡고 있었다. 오직 대족장과 족장들만이 온전히 버티고 있을 뿐이다.

"큭! 정말 괴물이야. 이런 놈이 둘이나 있으니 피어 마운틴을 정벌할 수 없었겠지."

먼 옛날부터 오크들은 피어 마운틴을 지배하려고 노력했지만 번번이 이들에 의해 저지됐다. 그들에게 오크의 야망을 막겠다는 사명감 따위 없었다. 그냥 설치는 꼴을 보기 싫었을 뿐이다. 그러나 당하는 처지에서는 종족의 원수였다.

"내가 누구지?"

—크크크크!

흠칫!

발자스는 저도 모르게 한 걸음 뒤로 물러섰다. 그리고 그 한 걸음은 목숨을 살리는 의도치 않은 회피가 됐다.

슈아아악!

아크아돈은 왼팔을 날카로운 낫으로 변화시켜 발자스의 목을 끊으려 정확히 휘둘렀다. 얼떨결에 뒤로 피했기에 생채기를 만드는 정도로 끝났다.

"피하시오! 실패했소!"

—크아아아아아!

아크아돈의 전력이 개방됐다. 육체에서 폭발한 붉은 오러가 지하 공간 수백 미터를 휩쓸었다. 가장 약한 전사장들은 폭풍에 휘말려 벽에 처박혔다. 대전사들과 족장들도 발로 지면을 긁으며 밀려났다.

파팟!

행동은 간결하고 재빨랐다.

발자스를 포함한 다른 족장들이 아크아돈을 포위했다. 그 뒤를 대전사들과 주술사들이 겹겹이 에워쌌다. 대전사 아래의 오크들은 최대한 아크아돈의 삼마안과 마주치지 않으려고 애를 썼다.

"투루잔, 지금 즉시 제2전진기지로 일족을 옮겨라! 나부타, 전 병력을 집결시켜라!"

육족장 투루잔과 구족장 나부타는 두 존재를 사로잡을 때 가장 심각한 중상을 입어서 당장 전력에 투입해도 도움이 되지 못했다.

"알겠소!"

제2전진기지는 만약을 위해 만들어둔 오크들의 새로운 왕국이었다. 규모는 이곳과 비슷했기에 일족 전원을 수용할 수 있었다. 일족을 대피시키지 않고 내버려 둔 채로 싸운다면 크나큰 피해가 발생할 것이다.

"간다!"

오크 족장들과 아크아돈이 부딪치자 대전사들과 주술사들도 전투에 참전했다.

*   *   *

명령을 하달받은 트루잔은 어린 오크와 암컷 오크를 제2전진기지로 이주시키기 위한 행동에 들어갔다.

"어서 움직여라!"

난데없는 날벼락에 오크들이 부랴부랴 필요한 물품을 챙겼다. 급하게 떠나는 행렬이 끝도 없이 이어졌다.

부우우우!

나부타의 호각 소리가 울려 퍼지자 먼저 자신들이 사는 지역을 중심으로 몰려든 오크들이 지휘관의 통제에 따라 대족장의 군락지로 집결했다. 오크 일족 전체 전력의 6할로써 무려 80만에 달하는 대군이었다. 나머지 병력은 제2전진기지의 보호와 미래를 위해 피난 행렬을 따라갔다.

쿠아아앙!

의식이 거행되던 지하 공간에서 발생하는 충격의 영향으로 오크들이 밟고 있는 지면이 들썩들썩했다. 흡사 지진이 일어난 것처럼 그들의 육체가 흔들렸다.

"후우!"

거대한 대검을 움켜쥐고 있던 나부타의 전신에서 땀이 비 오듯이 흘러내렸다.

상대는 그야말로 재앙이었다. 직접 상대해 봤기에 잘 알고 있다. 일반 오크 전사들은 눈을 마주치는 즉시 게거품을 물 것이며, 전사장들도 크게 다르지 않을 것이다.

사로잡았을 때는 중상을 입은 상태여서 정확한 힘의 표층을 느끼지 못했다. 건재하다는 가정이면 못해도 대전사급의 오크는 되어야 혼미하나마 이성의 끈을 놓지 않고 버티리라.

보는 것만으로도 삶의 의욕을 잃게 하는 존재였다.

"무시무시하구나."

지하 공간을 벗어나기 전에 마지막으로 느꼈던 광포한 기세는 족장들도 주눅이 들게 할 정도였다. 지금도 저 밑바닥에서 뿜어져 올라오는 살인적인 기세에 집결해 있는 오크들이 공포에 질려 있었다. 얼굴을 직접 마주 본 것도 아닌데 80만 오크 대군의 사기가 처참하게 꺾여 버렸다.

"배치는 끝났나?"

"예! 모든 지역에 배치를 완료했습니다."

"수고했다. 대기하도록."

좁디좁은 지하 공간으로 오크 군단을 쑤셔 넣을 수는 없었다. 그랬다간 작은 공격으로도 몰살이란 단어가 현실로 나타날 테니까. 저곳은 지옥으로 들어가는 입구였다. 우선은 대족장 발자스와 다른 족장들을 믿어봐야 했다. 주술사들도 있으니 어떻게든 될 것이다.

"오크 일족에게 영광을."

나부타는 제발 이번에 닥친 시련이 무사히 흘러가기를 기
도했다.

*　　　*　　　*

파파파팟!

수백, 수천 개의 오러가 날카롭게 유형화되어 아크아돈의
전신을 난자해 버릴 목적으로 전 방위에서 쇄도했다. 탐색전
따위는 없었다. 전력을 다한 족장들이 상대를 죽이기로 작심
한 살기의 정화였다.

슈슈슈슛!

아크아돈은 지하 공간 이곳저곳의 벽을 밟으며 끊임없이
움직였다. 그가 밟고 지나간 벽에는 어김없이 오러가 파고들
었지만 적중되는 것은 단 하나도 없었다.

심지어는 스치지도 못했다.

"제길!"

"미친 괴물 놈!"

음속을 넘나드는 공세에서도 여유롭게 피하고 있었다. 족
장들과 대전사들은 서로가 맡은 한정된 영역만을 공격하는데
도 처참하게 유린당하고 있었다.

육체를 자유자재로 변화시킬 수 있기에 아주 작은 틈이라도 생기면 그것이 곧 생로였다.

우우웅!

강렬한 빛이 퍼지며 그랜드 마스터의 강렬한 오러가 발자스의 할버드에 맺혔다. 상황을 주시하던 그가 눈을 번뜩이며 지면을 박찼다.

뚜렷한 발자국 사이로 충격을 이기지 못한 지면이 쩍 하고 갈라져 버렸다. 엄청난 속도로 아크아돈의 지척에 나타난 할버드가 풍압을 가르며 내리그어졌다.

푸화아악!

그를 기준으로 지하 공간이 반으로 쪼개졌다. 거대한 압력에 의해 모든 게 좌우로 밀려났다.

전사장들과 대전사들은 발자스의 공격에 버티지 못해 넘어지거나 밀려났다. 족장들은 오러를 개방하여 여파를 버텨냈다.

갈라진 공간 사이로 공기가 빨려들어 갔다. 가히 경악할 만한 공격이었다. 그런데 이런 엄청난 위력의 공격을 하고도 발자스의 표정은 일그러져 있었다.

"그걸 피하다니."

ㅡ키키키키키!

소름 끼치는 웃음소리에 오크들의 시선이 일제히 천장으로 향했다. 그곳에는 하체를 꼬챙이처럼 변화시켜 거꾸로 매달려 있는 아크아돈이 그들을 내려다보고 있었다. 참으로 괴기하기 그지없는 모습이었다.

족장들은 하나하나가 피어 마운틴을 혼자서 활보할 수 있는 강자였다. 이런 강자들이 혼자인 아크아돈을 어쩌지 못해 쩔쩔매고 있었다.

"후!"

발자스는 선명한 오러가 서려 있는 자신의 할버드를 응시했다. 그랜드 마스터의 경지로도 저 괴물 놈을 상대하지 못했다. 도대체 어디까지 강해져야 상대할 수 있을지 감조차 안 잡혔다.

"어떻게 할 거요?"

삼족장 파사르가 답답한 마음에 입을 열었다. 놈은 지금 장난질을 치고 있었다. 정말 빌어먹을이다. 자신들은 전력을 다하고 있는데 장난질이라니. 자존심이 상했지만 수준 차이가 심해서 허탈하기까지 했다.

"카바크, 준비는 끝났나?"

"끝났소. 하지만 잘해봐야 사오 할에 불과하오."

의식을 거행하기에 앞서서 성공했을 때만을 생각하지는 않았다. 당연히 실패했을 때에 관해서도 대비를 해뒀다. 대주술사 카바크와 수십의 주술사가 펼치는 주술에 붉은 달 저주의 힘을 합쳐서 또 다른 봉인 결계를 만들어놓았다.

그러나 현재의 아크아돈은 전성기 때의 강함을 전부 되찾았다. 그래서 효과가 얼마나 발휘될지는 그 누구도 알지 못했다. 주술을 사용한 이후의 상황도 고려해 둬야 했다.

"뭐, 죽어야겠지."

실패하면 모두 목숨을 걸기로 굳게 다짐했다.

오크들은 죽더라도 등을 보이지 않는다. 게다가 상대가 상
대인지라 손아귀에서 벗어날 거라는 생각 자체가 모순이다.

지금쯤이면 제2전진기지로 이주를 시작했을 테고, 지하 공
간 바깥에는 오크 대군이 지정된 위치를 배정받아 집결해 있
을 것이다.

"주술이 완성되는 데 걸리는 시간은?"

천장에 박혀 있는 아크아돈을 경계하며 말했다.

"못해도 이십 분은 걸릴 것이오!"

드드드드!

아크아돈의 하체가 급격히 부풀었다. 이제 발자스가 짜증
어린 말투로 말했다.

"더럽게 오래 걸리네."

20분이면 누구 하나는 죽어도 이상하지 않은 시간이다.

콰아아앙!

반발력에 의해 천장 일부가 무너지며 떨어져 내린 아크아
돈이 족장들과 대전사들 사이에 안착했다.

푸화아악!

"피해!!"

아크아돈의 양팔이 수십 미터 길이의 채찍으로 변하더니

팽이처럼 회전했다. 범위 내에 걸리는 건 모조리 분쇄됐다. 거대한 폭풍이 되어 지하 공간을 누비는 광포한 공격으로 마수들과 인간들의 사체가 고깃덩어리로 변해 버렸다.

―크으으윽!

공격하던 아크아돈은 찢겨 나가는 주검들 사이에서 뭔가를 발견하고는 한 손으로 머리를 부여잡았다.

금발에 금안, 하나밖에 남지 않은 팔은 매우 익숙했다.

이젠 영혼이 빠져나간 사체이지만, 그의 뇌리 깊숙한 곳에는 아직도 탄트라에 대한 애착이 남아 있었다. 공격을 멈추고 손을 뻗어 탄트라의 육체를 붙잡으려 했다.

우오오오!

그 틈을 발견한 발자스가 찬란한 푸른빛 오러를 두른 채로 폭풍과 정면에서 충돌했다.

쿠아아앙!

부딪친 충격으로 발자스가 반대편으로 튕기며 구석에 처박혔다.

써거거걱!

가속을 이기지 못한 아크아돈의 폭풍이 붙잡으려던 탄트라의 육체를 세상에서 완전히 없애 버렸다. 원하는 바를 이루지 못한 그가 미칠 듯이 분노했다.

이는 또 다른 틈을 보이게 만들었다.

―크아아아!

파팟!

족장들은 마스터의 끝을·넘어서 그랜드 마스터에 발을 걸친 존재이다. 방심의 순간을 놓칠 바보가 아니었다.

파파파팟!

각기 색깔이 다른 오러의 소나기가 피할 공간을 완벽하게 가로막았다. 빽빽이 들어찼기에 개미 새끼 한 마리도 빠져나갈 수 없었다.

―크?

다가오는 짜릿한 기운이 몸을 흥분시켰다. 지금 그에게 남은 건 살기 어린 전투본능밖에 없었다. 잡념이 사라지고 오로지 적을 죽이기 위한 최적의 조건들만 떠올랐다.

피하기는 어려웠다. 그렇다면 막으면 된다.

쿠웅!

그의 전신이 넓게 퍼지며 사방 수 미터를 동그랗게 감쌌다. 붉은 피부의 방패가 생겨난 것이다.

채채채채챙!

강철도 잘라내는 오러가 어이없이 튕겨 나갔다. 그것도 그냥 튕기지 않고 쏘아낸 족장들에게로 되돌아갔다. 방어하는 각도를 교묘하게 틀어버렸기에 가능한 일이었다.

"큭!"

결국, 자신들이 쏘아낸 공격을 다시금 오러를 소모하여 막아내는 어처구니없는 결과를 초래했다. 대전사들은 일단 뒤쪽으로 빠졌다. 공간이 협소해서 하고 싶은 대로 하다간 방해만 될 뿐이다.

"후!"

퍼어어엉!

발자스가 오러를 극한으로 끌어올려 아크아돈의 껍질을 후려쳤다.

—크어어어!

정면에서 받아내기는 무리였는지 할버드에 가격당한 부위가 움푹 들어가며 짜릿한 고통이 느껴졌다. 발자스는 손아귀가 찢어져 피가 흐르면서도 공격을 멈추지 않았다.

퍼퍼퍼퍽!

수십 번의 공격이 아크아돈을 난타했다. 버티기 어렵다고 판단한 아크아돈은 재차 들어오는 공격을 막지 않고 살짝 피한 후 한 손을 방패로 변화시켜 발자스의 가슴팍을 돌려 쳤다.

쩌어어엉!

급히 할버드를 회수해 방어에는 성공했지만, 충격을 해소하지 못하고는 뒤로 넘어졌다.

스르르.

족장들의 도움으로 겨우 만들어낸 상처들이 빠른 속도로 회복됐다. 찢긴 상처가 사라지고 새살이 돋아났으며 부러진 뼈도 저절로 맞춰졌다.

"준비하시오!"

대주술사 카바크가 봉인의 주술을 완성했는지 족장들에게
알렸다. 이 주술만 제대로 들어가면 제아무리 아크아돈이라
해도 오크들을 상대로 승리를 장담할 수 없을 것이다.

＊ ＊ ＊

오크 일족의 본성을 전이시키기 위해 만든 거대한 육망성
에 비하면 한없이 초라했지만, 지하 공간의 바닥 전체에 생성
된 작은 육망성이 아크아돈의 발밑으로 살아 있는 생물처럼
이동했다.

지이이잉!

카바크가 주문을 외우자 육망성이 점차 줄어들며 아크아
돈의 주변 몇 미터로 영역이 한정되었다. 이상한 느낌에 피하
려고 이리저리 움직여도 그림자처럼 따라붙어서 떼어낼 수가
없었다.

파아앗!

—크어어엉!

징그럽게도 따라붙던 육망성이 솟구치며 아크아돈을 집어
삼켰다. 일종의 속박처럼 보였다. 움직이려고 해도 손가락 하
나 까닥하기가 힘들었다.

생각보다 주술의 강도가 상당했다.

한숨 돌릴 시간을 번 오크들은 이어질 전투에 대비해 준비했다. 지금 저 상태에서는 공격해선 안 된다. 육망성이 찢기면 그동안의 노력이 수포로 돌아간다.

—크으으으!

괴상한 기운이 몸속을 파고들어 오러의 흐름을 틀어막으려고 했다. 필사적으로 버텼다. 이대로 가다간 적의 의도대로 전투 능력이 저하될 것이다. 아크아돈은 무식하게 오러를 폭발시키려고 내부로 응축하다가 이상한 기억에 흠칫했다.

—크으?

무언가 기억나려 했다. 이런 상황을 효율적으로 해결해 나갈 무언가가.

우우우웅!

탄트라의 뇌리 깊숙한 곳에 자리 잡고 있던 블레이드 킬러가 본능에 따라 개방되었다. 인간이었을 적에 사용하던 것과는 차원이 다른 막대한 진동이 생기며 지진이 일어나 지하 공간 전체를 뒤흔들었다.

찌찌찌직!

진동을 버텨내지 못한 육망성이 조금씩 찢겨나갔다. 아직 완벽하게 주술이 적용된 게 아니라서 안타까웠지만 버틸 수 있는 한계를 초과해 버렸다.

—우오오오!

파아아앗!

육망성이 완전히 찢어지며 사방으로 붉은 오러가 뻗어 나갔다. 지금까지 하던 공격과는 다른 패턴이라 오크들이 당황했다.

채채채쟁!

주술이 파훼되자 족장과 대전사들이 각자의 병장기를 들어 날아오는 공격을 막아냈다.

"카바크!"

"제길! 이 할 정도밖에 안 되오!"

카바크는 자신의 지팡이 끝에 매달린 마정석을 보며 답했다. 완벽하게 걸렸다면 환한 녹색 빛을 내뿜어야 하는데 색의 농도가 너무도 옅었다.

콰드드드!

아크아돈이 한 발 한 발, 걸음을 내디딜 때마다 지면이 갈라졌다. 2할을 빼앗겼는데도 그의 8할은 발자스보다 몇 배는 강한 힘을 내포하고 있었다.

그런 엄청난 오러 전체를 블레이드 킬러의 가동에 사용했기에 파장은 말로 형용할 수 없을 정도였다.

"죽어!"

팔족장 카샨이 자신의 대검에 오러를 불어넣은 채로 아크아돈의 정수리를 내려찍었다.

쩌어어엉!

"크아악!"

블레이드 킬러의 방어 기술 쇼크 웨이브에 부딪힌 그의 오러가 처참하게 깨지며 역으로 터졌다. 파편이 흩날리며 카샨의 육체를 뚫고 나갔다. 생전의 탄트라는 꿈도 못 꿀 경지였다. 5단계에 올라서야만 사용이 가능한 최고 경지의 응용 기술이 펼쳐진 것이다.

―크흐흐흐!

힘이 많이 줄어들었다. 그래도 기억 저편 어딘가에 있던 이 기술은 넘쳐나는 힘을 적절하게 사용할 수 있게 도와줬다. 적들이 당황하는 모습에 기분이 매우 좋았다.

스윽.

그가 천장을 떠받치듯 팔을 내뻗었다.

쿠오오오!

붉은 오러가 전신을 감싸며 응축되자 주변의 기운이 공명하며 몰려들었다. 곧 어린아이 머리통만 한 구체가 생성되더니 천장을 향해 날아갔다.

쿠아아앙!

수십 미터 두께의 천장이 그대로 뚫리며 하늘 위에 떠 있는 붉은 달의 요사스러운 빛이 새어들어 왔다. 이 빛은 그의 기분을 황홀하게 만들어줬다.

콰앙!

"잡아!"

"안 된다!"

아크아돈이 다리를 길게 변형시킨 후 오러까지 폭발시켜 날아올랐다. 뒤늦게 족장들이 잡으려고 달려들었지만 반응이 늦어 놓치고 말았다.

—크캬캬캬!

거의 백여 미터 상공으로 솟구친 아크아돈은 등 뒤로 한 쌍의 날개를 만들어내고서 주변을 빠르게 훑었다. 개미 떼처럼 몰려든 오크들이 곳곳에 포진되어 있었다. 일일이 처리하기엔 너무 많아서 눈이 돌 지경이었다.

휘리리릭!

지하 공간에서 폭풍을 만들어냈던 것과 같은 현상이 다시금 일어났다. 그의 육체가 회전하며 하늘이 온통 붉게 물들었다. 수천 개를 넘어서는 붉은 오러의 해일이 하늘에서 쏟아져 내리며 한편의 지옥도가 펼쳐졌다.

꾸어어억!

붉은 해일이 휩쓴 자리에는 갈기갈기 찢긴 오크들의 육편과 무너져 내리는 그들의 터전밖에 없었다. 팔다리가 잘리고 상체와 하체가 분리됐다. 내장이 쏟아지고 피가 튀었다.

"이… 이 괴물 같은 놈!"

구족장 나부타는 날아오는 오러들을 쳐내며 이를 악물었다. 저 기술 한 방에 수천 마리의 오크가 그 자리에서 즉사했다. 밀집해 있던 것이 화근이었다. 놈은 철저하게 밀집된 곳으로만 공격을 집중적으로 퍼부었다.

―크하하하!

쿠웅!

4미터가 넘는 거대한 육체가 지면으로 떨어져 내리며 굉음이 울려 퍼졌다. 이에 오크들이 기겁하며 거리를 벌렸다.

아크아돈을 겪어본 오크들은 곧 죽을 신세에 한탄했고, 겪어보지 않은 오크들은 두려움을 이겨내고 전의를 불태웠다. 주변에 있는 수십만 일족의 숫자를 보고 자신감을 얻은 것이다.

파파팟!

구멍이 뚫린 곳에서 발자스와 족장들, 그리고 오크 일족의 핵심 전력이 연달아 튀어나왔다.

―크크크크!

"개 같은 괴물 새끼!"

족장들이 나와서 가장 먼저 본 것은 주변에 널려 있는 오크들의 사체였다. 고작 그 짧은 시간에 저만한 병력을 몰살시킨 것이다.

까드드득!

아크아돈의 육체가 기형적으로 변화했다. 사람 손가락만 한 두께에 1미터쯤 되는 날카로운 가시가 끝도 없어 돋아났다. 고슴도치를 연상케 하는 모습이었다.

파아아앙!

"막아라!"

끄아아악!

오크들이 꼬치 꿰이듯 줄줄이 죽어나갔다. 그의 가시는 끊임없이 움직이고 있어서 꿰뚫리는 즉시 사지가 찢겨 나갔다. 도저히 막을 수 없었다. 족장들이 따라잡으려고 뒤쫓았지만 속도의 차이 탓에 오크들이 죽는 걸 구경하는 수밖에 없었다.

게다가 진형의 중앙을 헤집고 다녀서 마음 놓고 공격하기도 어려웠다.

"대족장!"

일족이 위험했다. 공격을 머뭇거리다간 죄다 죽고 말 것이다. 설사 힘이 떨어진 이후에 잡더라도 엄청난 피해를 본 뒤일 것이다.

"그냥 친다."

콰콰콰콰!

발자스의 결심에 족장들과 대전사들 전체가 움직였다. 그들이 발산하는 오러에 일반 오크들이 휘말려 죽었다. 그러나 죽는 자도 사는 자도 그들을 원망하지 않았다. 모두 일족을 위하는 길이기 때문이다. 전부 죽을 판에 이런저런 이유를 따질 겨를이 없었다.

족장들이 달려드는 것을 본 아크아돈이 변화를 풀고 그들에게 쇄도했다.

터억!

"헉!"

칠족장 크락카의 도끼가 아크아돈의 손에 잡혔다. 오러를 일으켜 손을 베어버리려 해도 쇼크웨이브를 뚫지 못했다.

푸우우욱!

"크락카!"

"칠족장님!"

아크아돈은 도끼를 잡은 상태에서 새끼손가락만 살짝 폈다. 손가락은 수 미터 길이로 늘어나더니 크락카의 머리를 꿰뚫어 버렸다.

파르르!

뇌에 구멍이 나고도 살아남는 생명체는 없다. 오크 족장치고는 허망한 최후였다. 오크들은 절대 개죽음이라고 생각하지 않았다. 잠시 뒤 그들의 모습이 될 수도 있었다.

'크으!'

발자스는 아크아돈의 저런 점이 상대하기 힘들었다. 공격이 너무나 변칙적이었다.

자신들은 아무리 변칙적으로 공격하려 해도 팔과 다리가 그대로 붙어 있기에 한계가 있지만, 아크아돈의 육체는 자유자재로 변형할 수 있어 어떤 식으로 공격이 들어올지 알 수가 없었다.

즈으으웅!

제자리에 멈춘 아크아돈의 육체에서 새하얀 수증기가 뿜어져 나오며 흉측한 핏줄이 튀어나왔고, 근육이 살아 있는 듯

요동쳤다.

드드드드!

지면이 흔들리며 사방 수백 미터 내의 영역 권에 있던 오크들이 마구 넘어졌다. 진동의 힘이 내부로 응축되어 갔다. 광폭한 기운이 넘실거리자 족장들이 저마다 오러를 끌어올려 준비했다.

"어… 어?"

락샤샤는 저도 모르게 고개를 갸웃거렸다. 본 적이 있는 모습이다. 기억도 하고 있다. 어찌 모를까? 얼마 전 자신이 직접 잡아넣은 인간의 마지막 기술이 저런 현상과 비슷했다. 더군다나 그 인간은 의식의 제물로서 정신 제압을 당해 영혼이 주입된 상태이다.

'설… 마?'

—크오오오!

콰아아앙!

핏빛 뇌전이 폭발하며 대기를 관통했다. 그때의 탄트라가 사용하던 게 화살이라면 아크아돈은 발리스타였다. 모든 걸 분쇄하는 블레이드 헬의 권능 때문에 대기가 흔들리며 닿지도 않은 지면이 지진을 일으켰다.

우오오오!

오크들도 물러서지 않았다. 발자스를 포함한 족장들과 대전사들이 저마다의 최고 전력을 끌어내어 핏빛 뇌전과 충돌했다.

쿠아아아아앙!

지름 수백 미터에 이르는 거대한 오러의 충격파가 터지며 반경 내에 존재하는 모든 것을 집어삼켰다. 핏빛 악몽이라고 기억되는 이날 사상 초유의 전투로 오크 일족 전체 전력의 4할이 소멸했다.

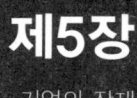

제5장

기억의 잔재

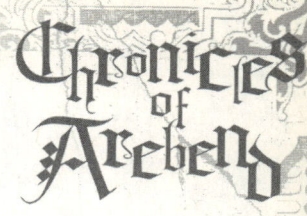

두 존재가 나란히 마주 보고 있었다.

금발에 금안을 지닌 알칸시아 제국의 삼 황자였던 탄트라와 수천 년 전 마계에서 아르벤드 대륙으로 넘어온 분노의 악마 아크아돈이었다. 둘은 융합의 과정에 들어서 있었기에 서로 이해하려고 노력하고 있었다.

"나의 삶은 보잘것없었군."

"인간이니 어쩔 수 없는 일이지."

탄트라의 삶은 녹아내린 지 오래였다.

수십 년에 불과한 인간의 짧은 일생은 찰나에 불과했다. 전혀 다른 새로운 존재로 재탄생하려면 두 개의 영혼이 일치되어야 하는데 이를 무시하고 강제로 진행했다간 자아가 붕괴해 버릴 수도 있었다.

그 때문에 탄트라는 정신력이 허락하는 한도 내에서 차근차근 아크아돈의 삶을 흡수하는 중이었다.

"블레이드 킬러라는 무술은 마음에 드는군."

"뛰어난 무술이지."

물론 인간이던 시절 탄트라도 제법 높은 경지를 이룩했었다. 하지만 블레이드 킬러는 아크아돈의 육체에 더 적합했다. 인간의 육체로는 이 무술을 제대로 사용하기 어려웠다.

생각해 보라.

대기를 뒤흔들고 지진을 일으키는 진동의 기운이 육체 내부에서 발생하면 뼈가 어긋나고 근육이 찢어질 것이다. 진동을 품는 행위는 끝없는 수련을 거쳐 육체를 단련하고 오로로 보호해도 애당초 인간의 나약한 몸뚱이로 버티기에는 한계가 있었다.

모르긴 해도 블레이드 킬러를 창시한 초대 황제는 나이를 먹고 노화됨에 따라 무의 경지가 빠르게 쇠퇴했을 것이다. 젊은 육체로 사용해도 과부하가 걸린다. 늙은 육체는 설명할 필요도 없었다.

완벽해 보이는 살인 무술에 숨겨진 치명적인 단점이었다.

인간인 이상 나이가 들면 무의 경지가 쇠퇴하는 건 당연했다. 하지만 블레이드 킬러는 그 격차가 너무도 심했다.

이건 탄트라도 모르고 있었다. 오직 창시자인 초대 황제만 알았을 것이다. 후대에 단점을 전해주지 않았을 뿐이지.

"완벽해 보이고 싶은 마음은 똑같군."

"이런 약점이 있을 줄이야."

초대 황제는 자신이 창시한 무술의 단점을 극복하지 못하자 그것을 밝히지 않고 숨겨 버렸다는 게 아크아돈의 예상이었다.

왜냐고? 세력에서도 무력에서도 모든 것에서 흠 따위는 없는, 죽어서도 역사에 길이길이 남을 위대한 황제가 되어야 했으니까.

그런데 단점이 있다면 그렇게 되기 어려웠다. 후대는 생각지 않고 자신만을 생각한 것이다. 따지고 보면 말만 황제일 뿐 그 역시 인간의 한계를 벗어나지 못한 이기적인 존재였다.

"뭐, 인간에겐 단점이겠지만, 이 몸에는 통용되지 않지."

악마의 육체는 블레이드 킬러를 익혀도 충분히 감당할 수 있었다. 고통도 수반되지 않는다. 인간의 육체보다 수십, 수백 배는 월등한 신체 조건은 그러한 단점을 모조리 씹어 먹는다.

하물며 고위 악마라면 말할 필요도 없었다.

"다른 것도 마음에 들지만, 쇼크웨이브는 정말 매력적이군."

"블레이드 킬러 최고, 최강의 방어 기술이다. 이전의 나는 사용하지 못했지."

　자유자재로 변화하는 육체를 지녀 백병전을 즐기는 아크
아돈은 적을 죽이기에는 최적의 조건을 지니고 있지만 방어
에는 무척이나 취약했다.

　쇼크웨이브는 그런 취약한 방어를 보강해 주는 기술로써
진동을 외부에 압축하여 전 방위에서 날아오는 공격 전부를
튕겨낸다.

　"궁금한 점이 있다."

　"음?"

　한참을 블레이드 킬러에 관해 분석하던 아크아돈이 탄트
라의 부름을 느꼈다. 둘은 이미 반쯤은 융합된 상태였기에 서
로가 생각하는 부분을 공유하고 있었다.

　"악마가 태어나는 방식에 관해서 이해할 수가 없다. 개념
자체가 다르더군. 너는 어떻게 태어난 거지?"

　"아아! 미안하군."

　이해하지 못할 부분이 많을 것이다. 인간과 악마는 본질부
터 모든 것이 달랐다. 이러면 아크아돈이 풀어줘야 했다. 그
렇지 않으면 융합이 정체되어 제자리걸음이 반복된다.

　"내가 태어난 것? 흠, 인간의 기준에선 상식 바깥이겠군."

　아크아돈은 전쟁터에서 태어났다.

　"전쟁터는 분노, 공포, 좌절, 절망, 슬픔 등의 복합적인 마
이너스 감정이 한꺼번에 생성된다."

그는 수천, 수만의 악마가 죽고 죽이는 전쟁터에서 발산되는 분노의 감정을 먹고서 태어났다. 만들어졌다는 표현이 더 어울릴 것이다. 팽창할 대로 팽창된 분노의 감정들이 하나로 뭉쳐져 지금의 육체를 형성했다.

"악마들은 태어날 때부터 강함이 정해진다. 마수들과 비슷하지. 인간처럼 노력하면 어느 정도 힘의 크기가 증가는 해도 타고난 한계를 벗어나진 못한다."

"신분인가?"

"비슷하다. 네가 황족으로 태어날 예정이었듯 악마도 그렇게 생각하면 편할 거다."

아크아돈은 태어날 때부터 백작급에 필적하는 고위 악마의 힘을 각성했다. 그리고 각성의 기념으로 전쟁 중이던 악마들을 모조리 학살했다. 분노의 감정은 모조리 흡수한 뒤였기에 별로 남아 있지 않았다. 공포와 두려움 등의 감정이 폭발적으로 쏟아져 나왔지만 그에게는 쓸모없는 힘이었다.

"우린 탄생의 개념이 조금 다르다. 인간들이나 타 종족처럼 어미의 뱃속에서 태어나기도 하고, 키메라처럼 만들어지기도 한다. 그러나 고위 악마부터는 무조건 감정의 소용돌이에서 태어나지."

"그럼 인간처럼 형태가 정해져 있는 게 아니란 소린가?"

"그래, 우리에게는 그런 게 없다."

형태? 처음 태어날 때 저절로 만들어진다. 일정한 기준은 없었다. 전부 제각각이었으니까.

심장과 내장 등이 어떻게 만들어지느냐고? 그냥 만들어진다. 인간의 상식으로는 설명할 수 없었다. 그냥 그러려니 하고 이해해야 한다.

"깊게 생각할 필요는 없군. 그냥 그러려니 생각해야겠어."

"옳은 판단이다. 기존의 상식을 버리고 생각하면 편하다."

탄트라를 직시하던 아크아돈은 그가 알아들었다는 것을 느낄 수 있었다.

"그럼 중간계는 어떻게 오게 된 거지?"

"허, 그건 좀 긴데."

뒤이어진 질문에 아크아돈이 조금 당황했다. 지금 탄트라는 그가 어떻게 중간계로 들어왔고, 왜 돌아가지 못하게 됐는지에 대한 상세한 설명을 요구하고 있었다.

이건 단편적으로 설명하지 못할 정도로 굉장히 긴 이야기였다. 인간이 이해하기 어려운 전설 같은 초자연적인 현상이 그 안에 모두 들어가 있었다.

"하긴 남는 게 시간이군."

아무것도 존재하지 않는 무의 공간 속에서 탄트라가 완벽하게 이해하기 전까진 아크아돈은 그가 원하는 대답을 전부 해줘야 했다.

"그래, 전하께서 호출하셨을 때부터 나의 운명은 정해져 버렸지."

아크아돈은 수천 년 전에 있었던, 정확히 2,300년 전의 이야기를 시작했다.

*   *   *

―오랜만이로군, 아크아돈.

마계를 지배하는 구대마왕의 한 명이자 악신 카록스에게 좌절과 절망의 권능을 부여 받은 악마왕 벨페고르는 대전의 중앙 부근에서 허리를 숙이고 있는 아크아돈을 넌지시 쳐다봤다. 그가 앉아 있는 왕좌와 대전과의 거리는 족히 백여 미터는 되었지만 그들에게 있어 거리 따위는 문제 될 게 없었다.

―이십 년 만에 뵙습니다, 벨페고르 전하.

아크아돈은 후작의 작위를 지닌 고위 악마였다.

그는 세력 없이 홀로 돌아다니는 것을 선호했다. 악마들의 일에도 일절 관여하지 않았다. 언제나 마음 내키는 대로 행동했다. 그런 성향을 잘 알고 있어서 그런지 아무도 그의 심기를 어지럽히지 않았다.

'대체 왜 부른 거지?'

할 말이 있으니 자신을 찾아오라는 벨페고르의 일방적인 통보를 들었음에도 불쾌하다는 감정은 없었다. 마계는 강자존의 세계였다.

이곳에서 구대마왕은 신과 같은 위치에서 많은 것을 누리고 있었다. 설사 마계가 아니더라도 무시할 존재는 없었다. 하여 악마왕의 일방적인 통보에도 거부감 없이 따랐다.

—흠, 일이 하나 생겼다.

—공작 각하들의 선을 넘어선 것입니까?

벨페고르에게는 강력한 권능을 소유한 두 명의 공작이 있었다. 왕국의 대소사는 이들을 통해 처리됐다. 공작을 거치지 않고 그가 직접 움직였다는 것은 보통 일이 아니란 증거였다.

—일단 설명부터 하지.

악마들은 자신과 통하는 고유의 데몬 게이트를 하나씩 보유한다. 이는 악마를 필요로 하는 자들에게 찾아갈 수 있게 도와주는 이동 수단이라 봐도 무방했다.

계급과는 상관이 없다.

최하급의 악마부터 후작의 아크아돈이나 악마왕인 벨페고르에게도 있었다. 다른 점은 소환 방법과 거기에 소모되는 마력의 양에서 나타나는 차이뿐이었다.

—어떻게 알았는지는 모르겠지만, 나의 이름을 알아낸 인간 마도사가 계약 조건을 내걸며 꼬드기더군.

얼마나 황당했던가.

높은 경지를 이룩한 듯 보였지만 고작 인간 따위가 악마왕인 자신의 데몬 게이트를 뚫은 것도 믿지 못할 일인데, 계약하자고 덤벼들 때는 당돌하여 귀여워 보이기도 했다.

겨우 마법을 통해 얼굴을 맞댈 정도로 열린 게이트였다.

그러나 그것만도 대단했다.

—계약의 대가로 뭘 주려 했는지는 몰라도 너무나 당당한 모습에 속는 셈 치고 조건을 듣고 생각하기로 했다.

—매년 이맘때마다 특급 마정석 다섯 개 분량의 마력을 바치겠습니다.

제시된 조건을 들었을 때는 정말 놀랐다.

특급 마정석 다섯 개 분량의 마력이면 공작들의 마력 보유량에 필적했다. 그런 어마어마한 양을 해마다 바친단다. 거부하기 힘든 유혹이었다.

악마들이 영혼을 탐하는 이유는 영혼 자체에 의미를 두지 않고 거기에서 생성되는 감정의 에너지를 얻기 위해서였다.

그런데 마정석에서 흘러나오는 정제된 마력은 그러한 귀찮은 과정 없이 그대로 사용할 수 있었다.

—너무나 매력적인 제안이라 수락했고, 그에게 약간의 힘을 줬지. 그리고 10년이 지났다.

벨페고르의 힘을 받아 흑마도사가 된 인간은 한 번도 빠지지 않고 해마다 벨페고르의 데몬 게이트를 통해 마력을 유입시켰다. 지금까지 누적된 마력의 총량은 그의 마력 보유량과 비슷했다. 웃기지 않는가? 대체 무슨 짓을 했기에 인간이 10년이란 짧은 시간 동안 악마왕의 보유량에 버금가는 마력을 모은 것이다.

—그가 원하는 계약 조건은 별것 없었다.

대가 없이 보내줄 리는 없다고 생각은 했다. 그런데 듣고 보니 그리 어려운 조건도 아니었다.

'제가 원할 때마다 백작급 이상의 강력한 고위 악마를 지원해 주시면 됩니다. 그렇게만 해주신다면 평생 양질의 마력을 바치겠습니다.'

데몬 게이트를 여는 마력도 그가 부담한다고 약속했다. 정말 거저먹는 계약이었다.

—유치한 짓을 하든 하지 않든 상관없었다. 쓸데없이 부가 설명을 붙일 필요는 없었지.

인간들이 중간계로 악마를 소환시킨 다음 할 짓은 뻔했다. 강력한 지원군을 등에 업고 난장판을 치려는 것이다. 필시 재미없는 땅따먹기나 병정놀이를 하려는 게 눈에 보였지만 계약은 계약이니 따라줘야 했다.

—며칠 전, 계약의 대가를 받고 싶다 했다.

계약대로 강력한 악마를 지원받고 싶다고 했고, 벨페고르는 허락했다. 악신 카룩스의 이름을 걸고 맹세했다. 지키지 않는다면 악마왕이라 해도 무사히 넘어가지 못한다.

—큭큭! 나를 직접 소환하고 싶은지 물어보더군.

지금 생각해도 어이가 없었다.

아무리 보내오는 마력이 높다 하나 자신을 직접 소환시키기에는 턱없이 부족했다. 지금까지 보내온 마력의 두 배쯤은 더 있어야 양방향 데몬 게이트를 뚫을 수 있었다. 인간 흑마도사가 소모되는 마력의 양을 듣고는 기겁하며 사과할 때는 어찌나 재밌던지 한참을 웃은 기억이 났다.

─자신의 힘이 닿는 한 최대한 큰 데몬 게이트를 뚫을 테니 그것을 타고 넘어올 강력한 악마를 지원해 달라고 하더군.

─저를 택하셨군요.

벨페고르는 아크아돈에게 중간계로 넘어가는 조건으로 10년간 받은 마력의 1년 치를 떼어주기로 했다. 마력을 받는다 하여 강해지거나 하진 않는다. 그래도 목숨이 위험하거나 마력이 부족할 때 등 대단한 도움을 받을 수 있었다.

'무구를 만들면 되겠어.'

아크아돈은 정체된 힘을 느끼며 수십 년 전부터 자신의 힘을 증폭시켜 줄 무구를 만들 생각을 하고 있었다. 어지간한 고위 악마라면 자신의 분신을 하나씩은 가지고 있었다.

─공작들은 위치를 지켜야 해서 무리고, 후작 중에서 자네가 제일 강하니까. 그리고 가장 중요한 점은 내가 계산해 본 결과 인간 흑마도사가 최대한으로 뚫을 수 있는 데몬 게이트가 후작 정도더군.

─알겠습니다.

악마왕의 명령을 거부할 배짱은 없었다. 시키면 해야 한다.

─자네의 이름과 소환 방법을 가르쳐 주도록 하지.

악마를 소환하려면 이름과 방법을 알아야 했다. 고위 악마
는 권능이 제각각이라서 소환 수식이 조금이라도 틀려도 애
꿎은 마력만 낭비하는 꼴이 돼버렸다.

　―이것을 받도록.

　두둥실!

　벨페고르의 손에서 자그마한 검은 구체가 떠오르며 아크
아돈에게로 날아왔다. 매우 작았다. 겨우 손가락 길이 정도의
크기로 매우 볼품없어 보였다.

　―이, 이건!

　말로 형용하지 못할 엄청난 마력이 요동치고 있었다. 벨페
고르가 계약으로 받는 마력의 일부분 같았다. 약간이지만 아
크아돈의 마력 보유량보다 많았다.

　―선금이다. 만약을 대비하는 게 좋을 거란 생각에서 주는
것이니 필요할 때 써먹어라.

　벨페고르는 악마왕이다.

　그런 그의 기준에서 봤을 때 인간 마도사는 제정신으로 보
이지 않았다. 어딘지 모를 광기에 휩싸여 있었다. 구대마왕과
직행으로 통하는 데몬 게이트를 뚫은 놈이다.

　이런저런 미친 짓을 하고도 남으리라.

　―감사합니다.

　―이왕 나간 김에 좀 즐기다 오는 것도 나쁘진 않을 것이
다.

악마들은 자력으로 중간계로 나가기 어렵다. 고위 악마부터는 가능했지만, 비효율적이었다. 가장 좋은 방법은 누군가가 그들을 불러주는 것인데, 그 확률이란 게 참으로 극악했다. 이름과 소환 방법을 전부 알고 있어도 필요한 마력을 보충하지 못하는 일이 허다했다.

인간 마도사는 모든 마력을 본인이 부담하겠다고 말했다. 지금까지 마력을 받은 대가를 치르고 나면 잠깐 유희를 즐기는 것도 나쁘진 않을 것이다. 자주 나갈 수 없는 곳이니까.

―그럼.

―놀다 오거라.

긴 대화는 필요치 않았다.

*　　　*　　　*

전투의 여파로 폐허가 된 도시의 상공이 시커먼 먹구름으로 뒤덮여 있었다. 먹구름이 덮인 온갖 기하학적인 문양이 새겨져 있는 중심부에서는 무언가가 빠져나오고 있었다.

"크하하하하! 소환되었도다!"

―미친 인간 놈! 네놈이 정녕 돌았구나!

머리부터 꼬리까지 수백 미터에 이르는 압도적인 존재가 이런 정신 나간 짓거리를 해버린 흑마도사를 내려다보며 포효했다. 자신에게서 훔쳐 간 물건 중 종족의 유산과 악마 소환 서적을 연구하여 기어이 일을 벌이고야 말았다.

이기심이 절정에 오른 한 미친 인간의 패악이 눈앞에서 벌어졌는데도 막지 못했다. 그 결과 악마가, 그것도 고위 악마가 중간계에 강림했다. 정확한 작위는 모르겠지만 조금만 빠르게 행동했다면 충분히 막을 수 있었다.

후회가 물밀 듯이 밀려왔다.

'뭐지, 이 막대한 기운은?'

아크아돈은 소환되자마자 전신을 짓누르는 막대한 중압감에 자신을 향하는 적의를 쫓아 기운의 근원지로 찾았다. 그곳에는 수백 미터 길이에 아름다운 푸른색 비늘로 무장한 거대한 뱀이 보였다.

사실 뱀이라고 하기엔 어폐가 있었다. 머리에 달린 네 쌍의 뿔과 하늘조차 가릴 웅장한 날개는 중압감을 배로 부각시켰고, 왼팔에 잡고 있는 푸른빛을 발산하는 구슬에서는 공작급의 마력이 느껴졌다.

또한, 지상으로 떨어지는 빗물이 그를 중심으로 휘돌고 있었다. 이는 알 수 없는 존재의 속성이 물과 관련되어 있다는 것을 단편적으로 보여주는 것이다.

ㅡ계급이 뭔가, 악마여?

단순히 육성을 내뱉었을 뿐인데 대기가 울리며 마력의 파장이 사방을 잠식했다.

ㅡ후작이다.

―후작? 하아! 미치겠군.

그는 말을 그렇게 하면서도 마력을 한곳으로 집중시키고 있었다. 어차피 평화롭게 해결될 상황은 아니었다. 둘 중 하나가 죽지 않는 한 끝나지 않을 것이다.

'흥분되는군.'

악마에게 있어 전투는 삶이자 행복이었다. 약하디약한 중간계에 저 정도의 존재가 있다는 것은 정말 뜻밖이었다. 왜 저 인간 마도사가 10년간 마력을 바치면서 강력한 악마의 지원을 원했는지 이해할 수 있었다.

―위대한 악마 아크아돈이시여, 소환자로서 부탁합니다. 저자를 잔인하게 죽여주십시오!

상잔시키려는 속내가 뻔히 보였다. 그러나 알면서도 속아줬다.

―어쩔 수 없지.

계약은 계약이었다. 벨페고르에게 대가도 받았다. 그만큼의 일은 해야 했다.

'자신은 없군.'

악마와 비교하면 공작급의 강함이 느껴졌다. 선금으로 받은 마력이 없었다면 상대할 엄두조차 못 냈을 것이다.

―나는 분노의 악마 아크아돈이다. 그대의 이름은?

―중간계에 마지막 남은 용의 혈족 레이바탄 지그문트다. 쿠아아아앙!

몇 날 며칠을 쉬지 않고 싸웠다.

제작된 지 얼마 안 된 분노의 마갑 퓨리오스까지 꺼내 입고서 태어나 처음으로 전력을 다했다. 물을 자유자재로 다루는 레비아탄은 너무나도 강했다.

흑마법을 익힌 고위 악마조차 사용하기 어려운 1급 마법을 몇 개나 중첩해서 사용했다. 그가 용언을 읊으면 수천, 수만 개의 물방울이 폭발했다.

마지막 격돌 때는 대도시를 뒤덮을 정도로 높고 넓은 해일을 생성시켜 모든 걸 뒤엎었다.

심각한 중상을 입히긴 했으나 결국에는 패배했고, 마계로의 역소환을 기다렸다.

"이익! 이리 허무하게 죽을 수는 없어!"

인간 마도사 따위가 레비아탄을 당해낼 리 만무했다. 결국에는 사지가 찢겨 죽었다.

문제는 이후였다.

놈이 지니고 있던 이상한 구슬을 레비아탄이 회수하자 데몬 게이트가 닫혀 버렸다. 마력 공급이 끊어졌기 때문이다. 본래 그 구슬은 인간 마도사의 것이 아니라 레비아탄의 것이었다.

─그대가 원해서 싸운 것이 아니니 끝은 내지 않겠다.

레비아탄이 돌아가기 직전 남긴 말이다.

그는 적지 않은 상처를 입었기에 즉시 모습을 감췄고, 자신은 살아남기 위해 노력했다.

흔히들 인간들이 말하길 악마는 불사라고 한다.

반은 맞고 반은 틀렸다.

데몬 게이트가 열려 있을 때는 죽으면 그곳을 통해 마계로 역소환된다. 문제는 닫히면 그대로 죽어야 했다.

폐허가 됐어도 인간들의 나라 한복판에서 휴식을 취할 수는 없었다. 어쩔 수 없이 가장 가까이 있는 피어 마운틴으로 들어가는 것을 택했다. 수십 년에 걸쳐 상처를 회복하고 마계로 돌아갈 방법을 찾기 위해 나가려는 때에 신수인 베헤모스를 만났다.

이것이 둘의 첫 만남이었다. 막은 이유를 물어봤더니 가관이었다. 중간계를 휘젓게 놔둘 수 없단다. 당연히 싸웠다. 겨우 치료했던 부상이 또다시 악화됐다.

퓨리오스를 잃어버리지 않았다면 당장에 쳐 죽이고 벗어날 수 있었을 것이다.

엄밀히 말하면 베헤모스가 아크아돈보다 약간 더 강했다.

레비아탄과의 전투 때문에 많은 마력이 소모되어 채우지 못한 상태에서 지속적으로 싸웠기에 도무지 이길 수가 없었다. 지난 수천 년간 수십 번을 싸웠고, 전부 패배했다. 미약한 힘의 격차가 승패를 갈랐다고 보면 된다.

하지만 이제는 역전됐다.

베헤모스는 모든 힘을 잃고 볼품없이 변해 전성기 때의 힘을 찾으려면 수백 년 이상을 보내야 했다. 어쩌면 평생 못 찾을지도 모른다. 외부의 도움이 있으면 어떻게 될지 예측할 순 없어도 그쯤이면 이미 융합이 끝나 마계로 돌아가고도 남을 시간이었다.

* * *

"길었지?"

"재밌군."

둘은 서로 간의 기억을 완벽하게 이해했다. 이제 정신이 융합되고 나면 탄트라도 아크아돈도 아닌 새로운 존재가 탄생될 것이다.

"남길 말은?"

"별다른 건 없다. 자유로운 삶, 억압받지 않는 삶을 원하는 건 변함이 없으니까."

"난 퓨리오스를 찾아 고향으로 돌아가는 것 하나로 만족한다."

따지고 보면 둘의 소원은 남들이 비웃을 정도로 소박하고 보잘것없었다.

"그럼 자유롭게 퓨리오스를 찾아 고향으로 돌아가는 것쯤이려나?"

탄트라의 말을 들은 아크아돈은 그거 괜찮은 답이라는 듯 말했다.

"좋군. 퓨리오스를 찾는 것도 고향으로 돌아가는 것도 모두 자유롭게 행하면 될 일이니."

애당초 자유롭다는 뜻은 일정한 형식에 얽매이지 않는 자기 자신의 마음이다.

파아아아!

둘에게서 나는 빛이 점점 강해지고 있었다. 자아가 서서히 융합되면서 생기는 현상이다.

"자유로운 귀향길 정도면 되겠군."

"반가웠다."

"자아는 인간인 네 쪽에 더 가까울 것이다. 그러나 성향은 악마인 내 쪽을 닮겠지."

탄트라는 씁쓸하게 웃었다. 이렇게 살아나는 것만으로도 운이 좋다 말할 수 있었다. 자아고 성향이고는 나중의 일이다.

파아아앗!

시커먼 어둠이 걷히며 둘이자 하나인 존재가 세상 바깥으로 알을 깨고 나왔다.

제6장

부활

엘븐 우드.

천 년 이상의 수령을 먹은 나무가 수만 그루나 밀집된 곳에 만들어진 엘프들의 왕국이다. 상주하는 엘프의 숫자만도 30만에 달하며, 아르벤드 대륙에 존재하는 모든 엘프가 이곳에서 생활하고 있었다. 개개인이 뛰어난 레인저였기에 마수들도 엘븐 우드 주변은 얼씬도 하지 않았다.

본래 엘프들은 대륙 곳곳의 숲이나 산맥에 나뉘어서 살았었다. 단체 생활임에는 변화가 없었지만, 수백 명의 소수 부족 단위여서 규모가 크지는 않았다. 가까운 곳에는 인간 마을이 하나씩은 꼭 있어서 필요한 생필품 등을 구매하기도 했다.

엘프들은 외모를 감추기 위해 언제나 로브를 뒤집어쓰고 다녔다. 외모가 드러나면 인간들의 탐욕이 치솟는 게 확연히 드러나 내린 조치였다.

그러나 그것을 얼마나 지속했을까?

점차 엘프를 탐하려는 인간의 숫자가 늘어났다. 처음에는 몇몇만 그러더니 나중에 가서는 수백의 엘프 부족으로도 막을 수 없을 정도까지 불어났다.

그래서 고귀한 혈통을 지닌 하이엘프들이 연합해 대륙 전역에 흩어져 있는 엘프들을 하나로 모아 피어 마운틴으로 이주시켰다. 1천 년 전까지만 해도 엘프의 숫자는 100만 명 가까이 됐다.

지금은 고작해야 30만밖에 남지 않았다.

인간들의 끔찍한 탐욕이 불러일으킨 재앙이었다. 지금도 그들은 인간들을 피해 바깥으로 나가는 일을 엄중히 통제했으며 앞으로도 그럴 예정이었다. 아무리 시간이 지나도 종족의 변질은 변하지 않는 법이니까.

＊　　　＊　　　＊

대의회당은 엘프 일족의 대소사를 총괄하는 곳으로 출입하려면 최소 호위단장급의 직책을 부여받아야 했다. 내부에 존재하는 이들은 실질적으로 엘븐 우드를 이끌어가는 지배

계층이었다.

쾅!

항상 경건하고 차분한 마음을 지니고 있어야 할 대의회당에서 20명에 달하는 엘프가 수년째 끊이지 않는 논쟁을 두고 의견이 충돌하여 저마다 언성을 높이고 있었다.

"대체 언제까지 아크아돈을 이곳에 봉인시켜 놓을 속셈이시오!"

사장로 지르미드는 오늘에야말로 이 지겨운 논쟁을 반드시 끝내겠다고 다짐했다. 불안에 떠는 엘프가 한둘이 아니었다. 일족의 안위를 위험케 하는 그것을 더는 껴안고 있을 수는 없었다.

하루하루 피가 마르는 나날이 계속되고 있었다.

"봉인은 완벽하게 됐습니다. 어쩌자는 겁니까? 풀어버리고 내치기라도 하잔 말씀이십니까?"

오장로 엘바든이 지지 않고 맞받아쳤다.

"지금 그걸 말이라고 하는 거요? 그럼 오장로는 언제 깨질지도 모를 봉인을 믿으면서 계속 부여잡고 있을 생각이시오?"

"당장 방법이 없잖소? 언젠가는 사장로의 말처럼 될 수도 있소. 그러나 바깥으로 옮기려면 고정 결계의 특성상 지금 당장 봉인을 풀어야 하는데, 그사이에 깨어나기라도 하면 어쩌잔 말이오? 대책이 있소이까?"

엘바든도 속내는 지르미드와 비슷했다. 그러나 흥분하지 않고 현실을 직시했다. 그도 저런 괴물을 엘븐 우드 내부에 봉인시켜 놓은 게 달갑지는 않았다. 그렇다고 해서 앞뒤 구분 못 하고 행동하기에는 상황이 여의치 않았다. 지금도 위험하 거니와 봉인을 풀면 정말로 일이 벌어질지도 몰랐다.

"이장로님, 뭐라고 말씀 좀 해보시지요. 애당초 아크아돈 을 데려온 건 장로님이지 않습니까?"

삼장로 데미아는 아크아돈을 데려온 장본인인 이장로 샤 일라스에게 화살을 돌렸다.

그러자 대의회당의 모든 시선이 샤일라스에게로 몰렸다.

'하아.'

샤일라스는 속으로 한숨을 내쉬었다. 재고의 가치도 없이 무조건 몰아내려고만 하고 있었다. 뒤이어질 불행은 생각도 안 하고 말이다.

10년 전, 아크아돈을 데려온 것은 당시에 그녀가 할 수 있 었던 최고의 선택이었다. 중상을 입은 상태였기에 제압하려 면 그때밖에 기회가 없었다. 만약 그대로 놓고 갔더라면 지금 쯤 금방 상처를 회복하고 피어 마운틴 전역을 지옥으로 만들 어 버렸을 것이다.

초반만 해도 엘프들은 아크아돈의 봉인에 관해 그리 민감 하게 반응하지 않았다. 그러나 아주 조금씩 쌓이고 쌓인 불안 감이 지금에 와서는 먼저 생명을 죽이자는 말까지 나오게 하였다.

"여러 번 말씀 드리지만, 제일 나은 선택이었습니다. 아크아돈을 그대로 뒀다면 이곳이 무사했을 것 같습니까?"

그녀도 이젠 지쳐 있었다. 그러니 확실하게 못을 박아야 했다.

"우리 엘프 일족 전원이 힘을 합치면 그까짓 괴물쯤은 죽일 수 있습니다!"

개념 없는 지르미드의 대답에 샤일라스가 말했다.

"그까짓 괴물이 일으킨 핏빛 악몽 탓에 얼마나 많은 오크가 죽었는지 잊으셨나요? 그곳에서 죽은 숫자만 해도 엘븐 우드에 상주하는 엘프보다 많습니다!"

"그, 그건……!"

"아홉 마리의 오크 족장 중 반에 달하는 숫자가 죽었습니다. 우리가 힘을 합치면 쉽게 잡는다고요? 어림없는 소리! 오크의 전력도 반 토막이 났습니다. 그럼 저희는 어떨 것 같습니까"

지르미드는 강하게 나오는 샤일라스의 기세에 밀려 입술을 곱씹었다.

틀린 소리는 하나도 없었다. 아크아돈 하나에게 오크 일족 전체 전력의 4할이 사라졌다. 그 정도면 엘븐 우드를 전멸시키고도 남았다.

아크아돈을 추방해야 한다는 엘프들도 꿀 먹은 벙어리처

럼 침묵해 버렸다. 딱히 대답할 만한 거리가 떠오르지 않았다.

"그나마 봉인을 해놨기에 이렇게 불안에 떨면서라도 살아가고 있는 겁니다. 십 년 전 그날, 중상을 입은 아크아돈을 제압하지 않았다면 지금쯤 엘븐 우드는 마수들의 보금자리가 됐을지도 모릅니다."

"그러면 대체 언제까지 봉인시켜 둘 생각이십니까? 죽을 때 까지요? 수백, 수천 년이요?"

"방법이 없다는 것을 잘 알고 계시지 않습니까?"

유동 결계라면 모를까 고정 결계에 봉인된 아크아돈을 옮기려면 봉인을 풀어야 한다. 그 방법밖에 없었다. 저들은 무조건 버릴 생각만 할 뿐 어떻게, 어떤 방법으로 버려야 하는지는 생각지 않고 있었다.

"죽입시다."

지르미드가 결심한 듯 말을 이었다.

"어떻게요? 상처가 회복되지 않았다 해도 장담할 수 없습니다."

"저도 반대입니다."

"나는 죽이는 데 찬성이외다."

샤일라스와 엘바튼은 반대를 표명했고, 지르미드와 데미아는 죽이거나 추방하자는 의견이 강했다. 호위단장들도 의견이 반반으로 엇갈렸다. 오로지 대장로 퀘르네인과 총호위단장 알파드만이 깊은 생각에 빠져 있었다.

"베헤모스님에게 부탁을 하면……."

그 말에 침묵을 고수하던 퀘르네인이 못마땅한 표정으로 말했다.

"그분의 몸 상태를 잘 아시는 분이 할 소립니까? 얼마 전에야 겨우 제정신을 차리신 분에게, 뭐요? 아크아돈을 죽이는 데 앞장서 달라고요?"

"후우! 죄송합니다."

베헤모스는 지난 10년간 혼수상태에 빠져 있었다. 하여 치료 마법에 조예가 깊은 수천의 엘프를 뽑아 상태를 호전시켰다.

거기에다가 엘프 일족의 성물을 먹이고 나서야 두 달 전쯤에 간신히 정신을 차렸다. 아홉 개에 달하던 꼬리는 세 개밖에 남아 있지 않았으며, 거대한 육체도 예전과 비교하면 반절도 못 미쳤다.

완벽히 회복하려면 앞으로 수십 년에서 수백 년이 걸릴지도 모르는 그에게 다시금 아크아돈과 싸워 달라고 부탁하는 건 죽으라는 것과 같았다.

"이장로님."

"말씀하세요, 대장로님."

솔직히 말해 이제는 퀘르네인도 아크아돈을 엘븐 우드에 봉인시켜 놓은 게 썩 내키지는 않았다. 그럼에도 입장표명을 하지 않는 이유는 지르미드처럼 무작정 추방하자고 하기에는 뒷받침할 대책이 부족해서였다.

저대로 평생을 조용히 있어준다면 몰라도 힘을 회복해 자력으로 봉인을 풀어버리고 날뛴다고 생각하자 오크 일족의 핏빛 악몽이 이곳에서 재현될 거라는 끔찍한 상상이 뒤따랐다.

그러기 전에 이 난제를 풀어야 했다.

"얼마나 회복된 것으로 보입니까?"

샤일라스는 아크아돈의 전력을 눈앞에서 본 유일한 엘프였다. 힘을 비교하는 데 있어서 그녀보다 확실히 측정해 줄 수 있는 엘프는 없었다.

"확실하진 못해도 오륙 할 정도 회복한 것 같습니다."

"그럼 죽이는 게 가능합니까?"

"가능합니다. 의회당의 인물 중 반이 죽는다면요."

"으음!"

아홉 명의 족장과 주술사들, 그리고 수십의 대전사를 한꺼번에 상대하던 아크아돈의 무력은 보지 않고서는 판단을 내리기가 어려웠다.

내부에 얼마나 많은 힘을 숨기고 있는지는 몰라도 겉으로 뿜어지는 기운만을 보고 측정했을 때 예전의 반절은 되찾은 듯 보였다.

"후!"

이 논쟁이 수년째 끝나지 않는 이유는 모두가 알고 있었다. 추방은 해야겠는데 방법이 없었다. 죽여야 했는데도 방법이 없었다. 엘프들은 시간을 날리면서 끝나지 않는 말싸움만 하는 꼴이었다.

"좋습니다. 내 조만간 총호위단장과 의논하여 다시금 회의를 소집할 테니 오늘은 이만합시다."

퀘르네인은 다가올 일이라면 피하지 않기로 했다. 언젠가는 결정을 내려야 했으니까.

"그럼 오늘은 회의를 마치게……."

퀘르네인이 회의를 끝마치려 하는 순간이었다.

쿵!

"허억!"

"이 기운은!

"이그드라실님이 계신 곳에서 느껴지오!!"

먼 곳에서 강렬한 기운이 뿜어져 나오며 엘프들의 감각을 어지럽혔다.

'설마?!'

너무도 익숙한 기운에 샤일라스가 눈을 크게 떴다. 다른 엘프들의 표정도 심각하게 굳어 있었다.

삐이이익!

"호각 소리? 이런! 아크아돈에게 뭔가 일이 생긴 게 틀림없소!"

당황하는 엘프들 사이에서 퀘르네인이 명령을 내렸다.

"총호위단장은 어서 병력을 소집하시오! 갑시다!"

파핫!

장로와 호위단장들은 자신의 직책도 잊은 채 이그드라실이 있는 곳으로 달려갔다.

*　　　*　　　*

대의회당에서 장로들과 호위대장들이 의견 충돌을 하고 있을 즈음, 엘프 일족의 신목이라 불리는 이그드라실에서 자그마한 변화가 생기고 있었다.

이그드라실은 신목이라 불리는 나무답게 신성한 기운으로 가득 채워져 있었다.

예로부터 파마의 효과를 지녀서 신성한 기운과 반대되는 기운은 가까이 있는 것만으로 제 능력을 발휘할 수 없었다. 현재 아크아돈은 이그드라실의 가지에 사지를 결박당한 상태로 봉인되어 가사 상태에 들어 외부와의 소통이 단절된 상태였다.

상시 감시를 위해 호위단의 단원들이 교대로 근무를 서며 아크아돈을 지키고 있었다. 처음 데려왔을 때 봉인당한 뒤로는 지금까지 아무런 움직임도 없이 조용했다. 그러나 언제 난폭하게 돌변할지 예측할 수 없었다.

저 괴물 혼자서 오크 일족 전력의 4할을 소멸시켰다. 엘븐 우드 한복판에서 정신을 차린다면 그야말로 재앙이 일어날 것이다.

"으으! 정말 가까이 가는 것만으로도 소름이 돋네."

"어쩌겠어? 싫어도 지켜야지."

얼마 전 깨어난 베헤모스는 엘프 일족에게 아크아돈의 진정한 정체를 알려줬다. 아르벤드 대륙에서 파생된 마수가 아닌, 마계에서 손가락 안에 꼽히는 고위 악마라고 말이다.

그동안은 그가 건재했기에 알려줄 필요가 없었지만 이젠 상황이 달라졌다.

순결하고 신성한 기운을 지닌 엘프들과는 반대되는 악마의 기운은 엘프들을 불쾌하게 만들었다. 가까이 다가가는 것만으로도 소름이 돋고 머리가 어지러웠다.

이런 현상은 지금 호위단원의 실력이 형편없어서 생기는 것이었다. 단장급이나 장로급의 엘프들은 그런 현상을 능히 버텨냈다.

하지만 그것은 아크아돈이 중상을 입은 상태에서 재봉인을 당한 후유증이었다.

전성기 때의 실력이라면 단장은커녕 장로들이나 총단장이라 해도 어중간한 각오로는 그의 앞에서 정신을 유지할 수 없었을 것이다.

"오늘 대의회당에서 장로님들 또 한바탕하시겠지?"

"그럴걸? 너는 어떻게 생각해? 내보내야 한다고 생각해?"

말단에 불과한 호위단원에게 그러한 의견을 낼 권한은 없었지만, 아무도 없을 때 저들마다 의견을 내미는 건 흔한 일이었다. 그들도 엘프 일족의 일원이었다.

"누구든 내보내야 한다고 생각할걸? 그런데 고정 결계는 움직이려면 풀어야 하잖아? 풀자마자 날뛰면 그야말로 난장판으로 변할 텐데 쉽게 되겠어?"

"다들 의견은 비슷비슷하네. 휴! 그래, 맞는 말이지. 버리는 게 가능했으면 옛날에 했겠지."

봉인이 가장 큰 문제였지만, 아크아돈을 버리지 못하고 계속 붙잡아두는 이유 중에는 베헤모스의 영향력도 들어가 있어서다.

폭주해 버린 아크아돈이 상처를 완벽히 치료하면 엘프들이 위험했다. 베헤모스가 있다곤 해도 장담할 수 없었다. 그래서 그가 상처를 어느 정도 회복할 때까진 아크아돈을 강제로 붙잡아 시야에서 놓치지 않으려 했음이다. 그럼에도 점점 엘프들 사이의 감정이 불거지고 있었다.

"언제 봐도 무섭게 생겼… 어?"

"왜 그래?"

조금 전까지 신나게 이야기하던 동료 단원이 아크아돈을 쳐다보며 말을 하다가 돌연 눈빛이 흐릿해지며 넋을 놔버렸다. 옆에서 말을 걸고 손을 들어 어깨를 흔들어도 멍한 표정을 유지했다.

"어?"

"야! 너 왜 그래?"

"응? 뭐가?"

넋을 놔버린 동료가 금방 제정신을 찾자 의아하게 여겨 몇 번을 물어봤지만 이유를 모르는 것 같았다.

"너 정신 났었잖아?"

"응? 내가? 이상하네. 몽롱한 기분이 들긴 했는데……."

무언가 머릿속을 파고드는 묘한 기분이 들었다가 깨어나니 동료가 자신을 붙잡고 흔들고 있다.

"우리 뭐에 홀렸나 보다."

"그런가 봐."

대수롭지 않게 넘어가기로 했다.

―아무리 중상을 입었어도 삼마안의 효과가 고작 찰나에 불과하다니, 신목이 대단하긴 대단하군.

흠칫!

뒤쪽에서 들려오는 이질적인 음성에 호위단원 두 명의 전신에 까끌까끌한 소름이 돋아나며 식은땀이 흘러내렸다.

둘은 서로를 곁눈질하며 쳐다봤다. 혹시나 잘못 들었나 하는 확인 차원에서이다.

끄덕!

제대로 들은 게 확실했다. 둘은 동시에 고개를 끄덕였다. 소리는 분명 뒤쪽에서 들려왔다. 그런데 뒤에는 신목밖에 없다. 정확히 말하면 신목에 붙들려 있는 괴물도 포함해서다.

―짜증 나는군. 풀려면 고생하겠는데?

"으, 으아아악!"

"깨, 깨어, 깨어났어!"

불타오르는 세 개의 시뻘건 눈동자가 호위단원들의 뇌리에 각인되자 그것은 곧 경악과 공포로 뒤바뀌었다. 뒤죽박죽되어 가는 이성 속에서 자신들도 모르게 목에 매고 있던 호각을 크게 불었다.

삐이이이익!

함부로 불어서는 안 되는 호각으로 아크아돈을 지키는 단원들에게만 지급된 특별한 물품이다. 이것을 불었다는 뜻은 아크아돈이 깨어나거나 특별한 이상 증세가 나타났다는 것을 의미했다.

잠자던 악마가 깨어난 것이다.

―시끄럽군. 융합된 지 얼마 안 돼서 가뜩이나 머리도 아픈데.

지금의 자신은 아크아돈도 탄트라도 누구도 아니었다. 두 인격과 기억이 합쳐져 탄생한 전혀 다른 새로운 존재였다. 본질은 그들이기에 아니라고 할 수는 없었지만 맞다 할 수도 없었다.

―두 개의 이름인가? 좋아, 이곳에서만큼은 탄트라가 되어야겠지.

그는 둘이자 하나이며 하나이자 둘이었다. 이름 따위는 무엇으로 불리든 관심 밖이었다. 일단은 두 이름 중 탄트라를 쓰기로 했다.

―떼거리로 몰려오는군. 익숙한 기운도 다가오고 말이지.

오크 족장들만큼 강력한 기운과 아주아주 익숙한 기운이 빠른 속도로 다가오고 있었다.

그뿐만 아니라 잔챙이들까지 죄다 몰려왔다.

―처참할 정도로 약해졌구나, 베헤모스.

전방에서 느껴지는 베헤모스의 기운은 예전의 반의반도 되지 않았다. 놈의 힘은 꼬리와 관련이 있었다. 이쯤 되는 기운이면 얼추 세 개 정도로 추정됐다.

저런 약해빠진 상태라니. 힘이 줄어든 지금도 충분히 잡아 죽일 수 있었다. 그러나 이그드라실의 권역 내에서는 힘들었다. 육체를 강제하는 나무 쪼가리들을 풀어내는 데도 막대한 힘이 소모될 것이다. 결국, 어찌 됐든 불리한 건 탄트라였다.

―왔군.

높은 곳에 결박당해 있었기에 저 멀리서 몰려오는 엘프들이 보였다. 꽤 궁금한 점이 많았다. 폭주했을 때부터 지금까지의 기억이 공백이다. 기억이 떠오르기는커녕 어떻게 살아 있는지도 몰랐다. 답을 해줄지는 몰라도 저들은 알고 있을 것이다.

―대신 살려주마.

거짓 없이 말해준다면 그 대가로 목숨은 살려줄 생각이다.
이제 자비롭고 선했던 인간 탄트라는 죽었다.

아크아돈과의 완벽한 융합으로 자아는 탄트라 쪽에 가까
웠지만, 성향은 아크아돈을 닮아 극단적으로 변해 버렸다.

—이젠 난 악마니까.

그렇다. 이제는 인간이 아닌 악마였다.

* * *

신목 이그드라실의 주변을 빼곡히 채운 엘프들이 탄트라
를 둘러싸고 경계하고 있었다. 언젠가 정신을 차려 오늘 같은
날이 올 줄은 예상했다. 그래도 막상 이렇게 다가오자 불안감
이 엄습했다.

—오크들보단 보는 맛이 있군.

흉측하게 생긴 오크들보다야 미의 화신이라 불리는 엘프
들이 보는 면에서 눈을 즐겁게 해주고 있었다. 본래의 아크아
돈이었다면 엘프나 오크나 똑같았겠지만, 탄트라의 미적 기
준으로 보면 하나하나가 대륙 제일의 미녀였다.

"저, 정신을 차리다니!"

—정신을 차린 게 불만인가?

지르미드는 탄트라에게서 뿜어져 나오는 강대한 기운에
위축되어 말을 더듬었다.

대의회당에서 한창 논쟁하고 있을 때 돌연 가슴이 짓눌리는 느낌을 받았다. 그건 다른 엘프들도 마찬가지였다.

─많이도 몰려왔군.

실력 있는 엘프는 전부 다 몰려온 것으로 보였다. 아직 어리거나 호위단원의 칭호를 받지 못한 엘프들은 일정 구역에 모여 만약을 대비해 피신할 준비를 하고 있었다.

이해할 수 있었다. 자신이 움직이면 아름답고 향기로운 엘븐 우드는 피바다로 돌변할 테니까.

─뭐, 상관없다. 우선 이 나무 쪼가리부터 좀 풀어주지 않겠는가?

신목에서 발생하는 신성력에 의해 꺼림칙한 기분이 없어지질 않았다. 상성이 극악이라 힘도 반 정도는 억제당하고 있었다.

'후우!'

탄트라는 현재 말을 하면서 블레이드 킬러를 이용해 몸 상태를 정상으로 되돌리고 있었다. 그동안 상처를 치료하지 못한 건 이그드라실의 기운이 자가 회복 능력을 봉쇄해서이다. 그 때문에 부상의 후유증이 지금까지 이어져 버렸다.

그러나 이제는 제정신을 차렸고, 오러의 수발이 자유로웠다. 자가 회복이 어려워도 외부의 도움을 받으면 된다.

스르르.

전신에 나 있던 상처들이 빠르게 아물었다. 부족했던 오러도 흡수하는 마력을 전환해 조금씩 채웠다.

'정상은 무리고, 잘해봐야 6~7할이 전부인가?

겉으로 보이는 상처와 부족한 오러는 당장 치료하거나 충당할 수 있었지만, 내부 깊숙이 당한 상처는 속성으로 해결할 수준을 넘어섰다. 적어도 몇 년에서 길게는 수십 년 동안 치료에 전념해야 본래 상태로 돌아갈 것이다.

"불가하오!"

—불가?

대장로 퀘르네인은 탄트라의 정중한 부탁을 단번에 거절했다. 속내 모르는 괴물을 풀어줬다가 일이 발생하면 뒷감당이 어려웠다.

"그렇소!"

—말인즉슨 나를 계속 가둬놓겠다?

탄트라의 음성에서 무시무시한 살기가 진득하게 묻어나왔다. 풀어주면 아량을 베풀어 살려주려 했다. 이깟 나무 쪼가리쯤은 풀고 나갈 수 있었다. 그저 쓸데없는 곳에 힘을 낭비하기가 싫어서 말한 건데 불가란다.

—죄다 죽고 싶더냐?

쿠우우우!

탄트라의 살기가 깃든 블레이드 킬러가 개방되자 실력이 떨어지는 엘프들의 안색이 창백하게 물들었다. 장로들과 호위단장들은 차분하게 버텨내고 있었다.

—이그드라실의 권능을 믿는 건가? 그의 본체도 아닌, 끽해야 분신 따위로 나를 강제할 수 있다고 생각한 네놈들은 참으로 어리석은 선택을 한 것이다.

엘프들의 신목이자 나무의 신이라 불리는 이그드라실의 본체는 신계 깊숙한 곳에 뿌리를 두고 있었다. 지금 이 나무는 본체에서 파생된 씨앗에 불과했다.

물론 분신도 강력하긴 했지만, 이곳저곳에 힘을 쏟아붓고 남은 찌꺼기 정도로는 고위 악마인 자신을 상대로 오랜 시간 봉인을 유지할 수 없었다. 그런데 이런 허약한 봉인을 믿고 제의를 거절하다니.

—풀어주면 무엇을 할 생각인가?

—호? 꼴이 가관이구나, 베헤모스.

밀집해 있는 엘프들 사이에서 예전의 반절에도 못 미치는 크기의 베헤모스가 걸어 나왔다. 윤기가 도는 황금 갈기에 호수처럼 깊어 보이는 눈동자를 하고 있었다.

'예상대로군.'

탄트라는 단번에 파악했다. 오크들이 쳐놓은 장난질이 아직도 베헤모스를 족쇄처럼 쫓아다녔다.

—자네의 꼴도 만만치 않군.

—그런가?

정감 있는 말투가 아니었다. 지금 즉시 전투가 벌어져도 이상하지 않을 분위기가 엘븐 우드를 감쌌다.

—다시 묻지. 풀어주면 무엇을 할 생각인가?

—나한테 장난질을 쳐놓은 놈들을 모조리 죽이고, 내 무구도 찾고, 고향으로 돌아가는 정도?

—고향이라…….

베헤모스는 탄트라의 정체를 정확히 알고 있는 몇 안 되는 존재 중 하나였다.

마계로 돌아가려면 막대한 마력이 소모된다. 그것을 충당하려면 거기에 걸맞은 희생이 뒤따를 것이다.

—중간계를 난장판으로 만들 생각인가?

—네놈들의 사고방식으론 그게 한계겠지.

이기적인 인간들을 상대로 마력을 얻기 위해 난장판까지 칠 필요는 없었다. 가만히 놔둬도 자기들끼리 물어뜯고 발광해 댈 텐데 뭘 하러 그런 귀찮은 짓을 하겠는가?

—풀어주지 못하겠군.

—마지막으로 경고한다. 정말 내가 이따위 봉인을 못 푼다고 생각하나? 난 그냥 기회를 주는 것이다.

—거절한다.

—네놈들의 선택을 후회하지 않기를 바라마.

대기 중에 분포되어 있던 마력이 탄트라의 전신으로 흡수되며 붉은 피부에 윤기가 돌았다. 쪼그라들었던 근육이 무섭게 팽창됐다.

콰드드드드!

순수한 마력이 붉은 오러로 변환되어 물결처럼 퍼져 나갔
다.

─쇼크웨이브.

파사사삭!

탄트라의 육체에서 발생한 진동의 영향으로 대기가 흔들
렸고, 그와 연결되어 있던 이그드라실이 뽑힐 듯이 버둥거렸
다. 진동을 버티지 못한 나뭇가지들이 먼저처럼 흩어지며 탄
트라를 방해하는 파마의 기운이 흩어졌다.

봉인이 깨진 것이다. 이그드라실을 기반 삼아 그의 육체가
바닥으로 떨어졌다. 밀어내는 반동의 충격으로 거목의 일부
가 부서졌다.

쿠웅!

지상에 안착한 탄트라가 서서히 일어섰다. 잡혀 있을 때와
는 차원이 다른 기운이 엘프들과 베헤모스를 압박했다.

─내가 힘이 없어서 부탁한 줄 아는가? 기회를 주려 했음
이다. 봉인이고 나발이고 어찌 됐든 살아 있으니 그 기념으로
살려주려 했다. 그런데 그 기회를 걷어차? 오래 사는 게 지겨
웠나 보구나. 소원을 들어주지.

드드드드!

탄트라의 주변 수십 미터가 쇼크웨이브의 충격으로 마구
갈라져 버렸다. 흡사 지진이라도 일어난 듯 여파가 사방으로
번져 나갔다.

―대, 대체 이게 뭐지?

베헤모스는 그와 수천 년을 싸웠다. 이런 기술은 처음이었다.

―재미있는 기술이지? 이 힘으로 널 짓이겨 주마.

블레이드 킬러는 작은 힘도 큰 힘으로 바꿔주는 능력이 있었다. 하물며 고위 악마의 끝없는 힘이라면 마르지 않는 우물이 되어줄 것이다.

"모두 준비하라!"

퀘르네인의 명령이 떨어졌다. 엘프들이 산개하며 전투 준비에 들어갔다. 정면에는 오대장로와 총호위단장, 그리고 베헤모스가 이를 악물고 있었다.

'꼬리가 두 개만 더 있었어도.'

지금 느껴지는 힘의 크기로 보건대 적어도 다섯 개의 꼬리가 필요했다. 생각보다 상대의 힘이 건재했다. 이대로라면 그의 말마따나 엘프 일족은 대륙에서 사라질 것이다.

―음?

탄트라는 귀엽게 흩어지는 엘프들을 훑어보다가 중앙 부근에서 시선을 멈췄다. 눈에 익은 얼굴이 보였다. 아름답고 기이한 분위기를 지녔던, 태어나 처음으로 본 엘프가 그곳에 있었다.

―샤일라스인가?

그에 엘프들과 샤일라스의 표정이 미묘하게 변했다.

"제 이름을 어떻게 아시는지?"

—아아! 내가 탄트라이기도 하니까.

"그, 그게 무슨……!"

샤일라스는 오래전 오크 일족의 야망을 저지하기 위해 가호를 내리면서까지 도박을 벌였던 인간의 이름을 생각해 냈다. 분명 실패했던 것으로 기억한다. 그것으로 아크아돈은 폭주했고, 오크 일족의 반이 소멸했다.

—뭐라고 해야 할까? 탄트라의 영혼과 이 육체의 본래 주인이 융합해서 지금의 내가 됐다고 설명하면 이해하겠나?

샤일라스는 무슨 소린지 이해했다. 그녀가 원하던 상황과는 조금 달랐지만, 충분히 가능한 일이었다.

"그럼 탄트라님이신가요?"

—맞다 할 수도 있고 아니라고 할 수도 있지.

놀란 표정을 짓는 그녀를 보며 재차 말을 이었다.

—너는 살려주겠다. 받았으면 보답은 해야 하니까.

샤일라스를 죽이기에는 껄끄러웠다. 방법이야 어떻든 간에 지금 이렇게 살아 있는 이유는 그녀의 마법 덕분이다. 적어도 그녀만큼은 좋은 기억으로 남아 있었기에 살려줘도 괜찮으리라.

"이놈! 엘프 일족이 네놈의 목숨을 구했거늘!"

가만히 보고 있던 지르미드가 분개하며 외쳤다.

—뭔 개소리지?

"맞습니다, 탄트라님. 저희가 당신의 목숨을 구했습니다."

─너희가 나를? 무슨 수로?

"그것은……."

샤일라스는 10년 전 그가 폭주를 일으켰던 때로 돌아갔다.

＊　　　＊　　　＊

쿠아아앙!

아크아돈이 폭주하며 내뿜은 폭발의 충격으로 샤일라스의 육체가 다른 오크들과 같이 지하 공간 벽 쪽으로 처박혔다. 의식을 도와주느라 마력 역류가 일어났기에 방어 마법을 펼칠 기력조차 남아 있지 않았다.

'저건…….'

넘어진 그녀의 눈에 이제는 강아지만큼 작아진 베헤모스가 보였다. 오크들이 전투를 준비하면서 내팽개친 모양이었다. 목숨이 걸린 상황에서 베헤모스를 챙길 여력이 있을 리가 없었다.

쾅쾅쾅쾅!

오크들의 비명이 난무하며 살이 찢기고 뼈가 부러지는 파육음이 지하 공간을 울렸다. 그 사이에서 족장들과 아크아돈이 싸우고 있었다.

'실라페…….'

샤일라스가 바람의 상급 정령 실라페를 소환했다. 마력은 사용 못해도 친화력은 남아 있어서 정령을 다루는 건 가능했다.

'베헤모스님을 저에게 데려다 주세요.'

오크들은 아크아돈에게 정신이 팔려 샤일라스고 정령이고 신경 쓰지 않았다.

스윽.

실라페가 바람을 일으켜 베헤모스의 작은 육체를 살포시 감싸 안아 샤일라스에게로 안겨줬다.

'실라페, 엘프들에게 이곳의 상황을 전달해 주세요.'

부탁을 받은 실라페는 순식간에 지하 공간을 벗어나 엘프들의 왕국인 엘븐 우드로 날아갔다.

정령은 일종의 영체였다. 길을 돌아가거나 헤맬 필요도 없이 일직선으로 관통한다고 가정하면 수십 분 내에 엘븐 우드를 찾아가 그녀의 말을 전달해 줄 것이다. 바람의 상급 정령인 실라페의 이동 속도는 그것을 가능하게 만들었다.

콰아앙!

천장이 날아가며 아크아돈이 바깥으로 뛰쳐나가는 모습이 보였다.

얼마 지나지 않아 고통에 울부짖는 소리가 들렸다. 엘프들은 크고 긴 귀를 지닌 종족답게 청력이 인간보다 수십 배는 발달하여 먼 거리에서도 선명하게 듣는 게 가능했다.

파파파팟!

족장과 대전사 전부가 뚫린 천장을 향해 솟구쳤다. 샤일라스도 그렇게 하고 싶었지만, 지금은 어려웠다. 마침 발자스의 명령을 받은 두 족장이 지하 공간을 벗어나며 열어둔 석벽이 닫히지 않았다.

계단을 타고 천천히 위로 올라갔다.

'기다리자.'

나가봐야 할 수 있는 일은 아무것도 없었다. 이런 몸 상태를 하고는 오크 전사 한 마리도 감당하기 어려웠다. 또 사로잡혀서 노예처럼 부려질 바에야 이곳에서 일족을 기다리는 게 이득이었다.

그녀는 품에 안겨 있는 베헤모스를 쳐다봤다. 영락없이 황금 갈기를 지닌 새끼 늑대였다.

쿠아아아아앙!

"꺄악!"

서로 다른 기운들이 부딪치며 엄청난 충격파가 사방을 휩쓸었다.

콰르르르!

지하 공간을 빠져나온 건 정말 다행이었다. 충격의 범위 내에 있던 그곳은 처참하게 부서져 함몰됐다. 저곳에 있었다면 필시 깔려 죽었으리라.

하지만 죽지만 않은 것뿐이다. 지진에 발을 헛디딘 샤일라스는 무방비 상태에서 넘어져 머리를 계단에 찍혔고, 그 탓에 기절해 버렸다.

콰콰콰콰!

그것을 아는지 모르는지 바깥에서는 계속해서 전투의 폭음이 들려왔다. 시간이 흐르고 흘렀다. 폭음이 점점 줄어들었다. 멀리 가서 싸우는 건지 승패가 갈렸는지는 알 길이 없었다.

삐이이익!

'으음!'

삐이이이이익!

'엘프들의 호… 각… 소리……?'

샤일라스는 흐릿한 정신을 억지로 부여잡으며 손가락을 동글게 모아 입에 대고 불었다.

피이이익!

이것은 호각을 잃어버렸을 때 몸을 이용해 내는 구조 신호였다.

콰아앙!

지하 공간으로 통하는 문이 강력한 기운에 의해 일격에 부서지며 달빛이 새어들어 갔다. 그곳에는 머리에 피를 흘리고 누워 있는 샤일라스가 넘어져 있었다.

"이장로님!"

호위단원 하나가 샤일라스를 부축하고 동료를 불러 모았다. 순식간에 수만 명에 달하는 호위단이 샤일라스의 곁으로 모여들었다.

그들은 하나하나가 뛰어난 레인저로서 엘프 왕국 엘븐 우드를 수호하는 자랑스러운 전사였다.

현재 이곳에는 총호위단장과 장로들이 5만 명에 달하는 호위단원과 함께 도착해 살아남은 오크들을 죽이고 있었다. 그들에게 있어서 이건 신이 내린 기회였다. 이참에 오크 일족의 전력을 깎을 수 있는 만큼 깎아내야 했다.

"이장로!"

"대… 장로님……."

"자세한 이야기는 이곳을 벗어나서 합시다!"

샤일라스는 고개를 가로저었다. 확인해야 할 일이 있었다.

"아크아돈… 을 확인해야 합니다."

"이 주변에는 없소이다. 우리도 도착한 지 얼마 되지 않았기……."

쿠아아앙!

폭음이 터지는 소리에 엘프들과 퀘르네인, 그리고 샤일라스의 시선이 그쪽으로 돌아갔다.

"갑시다."

숫자를 셀 수 없을 정도로 많은 오크의 사체가 산처럼 쌓여 있는 잔인한 살육의 현장이 펼쳐져 있었다. 그 중심부에는 거대한 나무에 박혀 있는 아크아돈과 한쪽 팔이 잘리고 양쪽 눈을 잃은 이족장 라릭이 마지막 숨을 헐떡이며 울부짖고 있었다.

"크, 크크크! 네놈 하나 때문에 우리 일족이 이처럼 처참하게 박살 나다니!"

"크오… 으아!"

아크아돈은 가슴에 박힌 대검을 뽑으려 안간힘을 썼지만 남아 있는 기력이 없었다. 그냥 소리를 지르는 게 전부였다. 이어진 전투로 모든 오러를 소진해 버렸다.

라릭은 무릎을 꿇은 채로 땅바닥을 쳐다봤다. 고개를 들어 올리려 해도 제대로 움직여지지가 않았다. 그나마 살아 있는 게 신기한 거다. 이마저도 조금만 지나면 누리지 못할 사치였다.

"크윽!"

그의 옆구리 부근에 어린아이 머리통만 한 구멍이 뚫려 있었다. 아무리 덩치가 크다 해도 장기 부근이 뚫렸다는 건 치명상이다.

당연히 조금씩 죽어가고 있었다.

"크큭! 나까지 죽으면 다섯 마리의 족장이 죽고 대전사만 수십이 죽었구나."

출산과 성장 속도가 빠른 종족의 특성상 시간이 지나면 오크 군단의 숫자는 다시금 복구될 것이다. 문제는 최고 지휘부였다. 아홉 마리의 족장 중에서 다섯 마리가 죽었다. 대전사는 몇 배나 더 죽었다. 수십 년이 지나도 예전의 성세를 찾지 못할 피해를 입었다.

모두 아크아돈 하나와 싸우다가 생긴 말도 안 되는 결과였다.

타타탓!

"냄새… 엘프… 인가?"

"라릭…….."

퀘르네인이 반병신이 되어 죽어가는 라릭을 보며 신음성을 흘렸다.

"오! 이게 누구신가! 퀘르네인? 미안하군. 꼴이 이래서 인사도 못하겠어."

"대체……!'

퀘르네인과 샤일라스, 그리고 다른 엘프들은 완전히 초토화된 오크 군락지를 살펴보며 말했다.

"저기 큰 나무에 박혀 있는 괴물 때문이지."

그 소리에 모두의 시선이 나무쪽으로 향했다.

"크으으으아아!'

"아크아돈…….."

"죽이려면 지금 죽이는 게 좋을걸. 저 괴물이 건재한 상태로 엘븐 우드에 뛰어든다면, 크크큭! 너희는 전멸이다."

엘프의 전력은 오크와 비교하면 채 3할이 될까 말까 했다. 혼자서 오크 군단의 반을 쓸어버린 전투 능력이라면 엘븐 우드 정도야 말할 필요도 없었다.

"우리 엘프들은 무고한 생명체를 죽이지 않는다."

"쯧쯧! 그런 병신 같은 생각일랑 집어치워라! 그래, 분명 너희는 아직 피해를 보지 않았다! 하지만 그런 사고방식을 가졌기에 인간들에게 당한 것이다!"

가끔은 다가오지 않아도 후환을 제거하는 결단력이 필요한 법이다. 엘프들은 그게 없었다. 순결하고 고귀한 종족이다. 그래서 더욱 바보같이 당하는 멍청이들이었다.

"우리의 일은 우리가 알아서 하겠다."

"그래? 하긴 내가 상관할 바는 아니지… 쿨럭!"

라릭의 입을 타고 핏줄기가 분수처럼 뿜어져 나왔다.

"제길, 성공… 할… 줄 알았는데… 원통… 하다."

풀썩!

그 말을 끝으로 라릭은 차디찬 대지에 몸을 뉘었다. 쿼르네인과 샤일라스 등 엘프들은 잠시 라릭을 쳐다보다가 고개를 돌려 아크아돈을 향했다.

"어쩌겠소, 이장로?"

"엘프의 율법은 지엄한 것! 그렇다고 아크아돈을 그냥 둘 수는 없습니다! 이그드라실님의 가호 아래 봉인시켜야겠습니다!"

"좋소이다."

수만의 엘프가 다가와 아크아돈의 육체에 기초 속박 마법을 중첩해서 걸었다. 본래라면 소용없는 짓이지만, 반항할 힘도 남지 않았기에 그대로 수만 개가 중첩되어 버렸다.

얼마 뒤, 아크아돈은 이그드라실의 나뭇가지에 감싸져 10년 동안 봉인되기에 이른다.

＊　　　＊　　　＊

"이렇게 된 것입니다."

—좋아, 맺고 끊는 것은 분명히 해야겠지.

다른 엘프들이 떠들었다면 뭐라 해도 믿지 않았을 것이다. 그나마 샤일라스라서 속는 셈 치고 믿어주기로 했다.

—살려주도록 하지.

탄트라는 엘프들을 살려주기로 정했다. 완벽히 회복되지 않은 몸으로는 저들을 상대로 싸워봐야 예전의 잘못이 되풀이될 뿐이다. 화가 나서 죽인다곤 했으나 맞붙는다면 위험했다.

"감사합니다."

—그런데 베헤모스 놈은 어떻게 저리 회복된 거지? 수백 년은 꼼짝 못할 줄 알았는데?

"당신을 경계하기 위해 저희는 베헤모스님에게 현재 엘븐 우드에 단 세 개밖에 없는 엘릭서 중 하나를 복용시켰고, 저렇게 회복하실 수 있었습니다."

—오! 엘릭서!

천 년에 한 번 열리는 이그드라실의 과일에서 추출된 원액과 다른 최상급 약초 등을 조합해서 만들어내는 일종의 포션이다. 복용하면 병은 물론 어떤 상처라도 그 자리에서 나으며, 죽은 자라 해도 시체가 썩기 전이라면 다시금 영혼을 되돌리게 할 수 있는 신의 영역에 다다른 성물이다.

오직 이그드라실의 축복을 받은 하이엘프만이 제조할 수 있었다. 의지에 반하는 자가 과일을 따면 독과로 변해 버려 사용할 수 없게 된다. 그런 걸 먹였단다. 참으로 대단한 결심을 한 듯싶었다.

─큭, 엘릭서의 효능이 사실인데도 그런 몰골이면 상태가 심각하긴 심각했군.

죽은 자도 살려내는 효능으로 겨우 꼬리 세 개의 재생이 전부였다. 얼마나 심각한 중상이었는지 짐작이 갔다. 비아냥거리는 말투에 베헤모스는 아무런 말도 하지 않았다. 탄트라는 그런 모습을 보며 흥이 떨어졌는지 코웃음을 쳤다.

─뭐, 됐다. 너희끼리 이곳에서 뭘 하든 상관없다. 이만 헤어질 시간이다.

파팟!

걸음을 옮기려는 탄트라의 앞을 베헤모스가 가로막았다. 이에 눈썹을 찌푸리며 다른 쪽으로 방향을 옮기자 또 막았다.

─죽여 달라는 뜻으로 보이는군.

─한 가지만 약속하면 내보내 주마.

─지금의 넌 날 막지 못해. 그런데 무슨 약속?

저건 약속이란 탈을 쓴 명령이다. 웃긴 점은 힘없는 자가 하는 명령은 전부 다 부질없다는 것이다.

―마계로 돌아가기 위해 분란을 키우지 않는다고 약속해라.

피식!

탄트라는 베헤모스의 말을 비웃으며 되받아쳤다.

―그 기준이 뭐지?

―네가 뭔가를 행함에서 본체로 현신하지 않는다고 약속해라.

재고의 가치도 없었다.

―미쳤구나.

인간의 모습으로도 충분히 강했다.

그러나 탄트라의 기억 속에 그보다 강한 존재가 몇 명 있었다. 특히 대륙 제일기사라 불리는 데메우스 공작은 본체가 아니면 이길 수 없을 정도였다. 또한, 연합으로 달려들거나 개 떼처럼 몰려오면 상황이 어떻게 될지 모르는데 본체로 변하지 말라니 어처구니가 없었다.

―그러지 않는다면 이곳에서 나갈 수 없다.

슬슬 짜증이 치밀어 올랐다. 아무래도 엘프들을 믿고 강압적으로 나가는 것처럼 보였다. 확실히 베헤모스와 엘프 전체를 상대로는 승산이 없었다. 잘해야 반 정도 죽이고 자신도 죽으리라.

―좋아, 약속하지.

한 번만 더 참기로 했다.

―퀘르네인.

퀘르네인이 품속에서 자그마한 뭔가를 꺼내더니 탄트라에게 다가와 내어줬다. 그런데 받자마자 기분이 불쾌해졌다. 틀림없이 반대 성향의 힘이 깃든 게 분명했다.

―이게 뭐지?

―이그드라실의 이파리다.

탄트라의 얼굴의 흉포하게 일그러졌다. 과일만큼은 아니지만 이파리도 귀했다. 대륙에서는 돈 주고도 사지 못하는 보물이다. 이파리에는 좋지 못한 기운을 소멸시키는 정제의 효능이 들어 있었다. 탄트라 정도 되는 고위 악마의 힘을 소멸시키진 못해도 얼마간은 억제할 수 있었다.

몇 년은 유지될 것으로 예상한다.

―무슨 의미지?

―먹어라. 그러면 믿어주지.

결국, 참고 참던 탄트라의 이성이 날아갔다.

파아아앙!

블레이드 킬러의 에어 점프가 수십 번이나 연달아 펼쳐지더니 눈 깜짝할 사이에 베헤모스의 지척까지 쇄도했고, 양팔을 낫처럼 변형시킨 후 수백 번이나 내리그었다. 베헤모스는 꼬리 세 개를 이용해 그 수백 번의 공격을 모조리 쳐내면서 재차 반격에 들어갔다.

파파파팟!

―감히 나에게 제약을 가하려 해? 네까짓 게? 경고하마, 엘프들이여! 나를 건들지 않으면 너희는 죽이지 않으마!

말하는 틈을 놓치지 않은 꼬리들이 탄트라를 후려쳤지만, 쇼크웨이브에 맞아 튕겼다.

쿠우우우!

7할에 달하는 전력이 개방됐다. 베헤모스보다 족히 두 배는 강한 기운이다. 이에 엘프들은 어떻게 해야 할지 갈피를 잡지 못했다. 싸우자니 꺼림칙했고 가만히 있자니 불안했다.

지이이잉!

탄트라의 양팔과 다리가 날카로운 검처럼 변하며 베헤모스를 압박했다.

퍼엉!

황금빛 오러가 머리를 그으려는 붉은 오러를 터뜨렸다. 비슷한 싸움이 아니었다. 누가 봐도 베헤모스가 밀리는 게 확연히 보였다.

촤아악!

황금빛 오러가 베이며 붉은 피가 솟구쳤다.

―크옥!

―그런 개소리는 힘이 있을 때 지껄이는 것이다. 네놈 같은 꼴로 그렇게 지껄이면 죽여 달란 소리겠지.

콰드득!

탄트라가 베헤모스의 머리를 땅바닥으로 내리 뭉갰다. 꼬리를 휘둘러 후려쳐도 쇼크웨이브를 뚫을 수는 없었다. 오히려 쇼크웨이브의 진동을 고스란히 받아 상처만 심해졌다.

우우웅!

베헤모스의 전신을 둘러싼 오러가 옅어져 갔다. 완전히 사라진다면 그때부터는 육체로 고스란히 받게 될 것이다.

―터뜨려 줄까?

―숲의 종족들아, 공격하여라! 이자가 대륙으로 나가면 인간 세상에 피바람이 불 것이다!

하나둘씩 검을 빼 들던 엘프들이 마지막 한마디에 몸을 굳혔다.

인간 세상의 피바람.

엘프들이 원하는 것이다. 그들의 일족을 성 노예로 쓰려 했고, 이곳까지 쫓겨 오게 한 원흉이다. 순결하고 고귀하다 해서 바보는 아니었다.

―멍청한 놈! 엘프들이 왜 피어 마운틴으로 도망쳐 왔는지 알면서 인간 세상의 피바람 운운하는 것이냐?

쿠웅!

진동의 세기가 한층 더 증폭됐다. 이젠 한계였다. 황금빛 오러의 색이 꺼질 듯 껌뻑이고 있었다.

―크윽!

"탄트라님!"

엘프들이 갈등하고 있는 사이 샤일라스가 용기를 내 탄트라를 불렀다.

—너라도 끼어들면 죽여 버리겠다.

"고향으로 돌아가고 싶지 않으십니까?"

—뭐?

뜻밖의 대답에 탄트라가 당황했다.

"저는 3급 마도사라서 큰 도움이 될 것입니다. 제가 같이 세상으로 나갈 테니 베헤모스님을 살려주세요."

—음…….

마계로 돌아가려면 마도사의 도움이 절실했다. 가는 방법을 찾거나 마력을 모으는 건 탄트라가 할 수 있었다. 문제는 마법진을 구축하는 데 엄청난 시간이 들어간다는 것이다.

"이장로!"

"그게 무슨 말씀입니까?!"

샤일라스는 메시지 마법을 이용해 퀘르네인에게 뜻을 전했다.

[이곳에서 다 죽을 수는 없습니다.]

[하지만 이장로!]

[제 말은 조금이라도 들으니 괜찮을 겁니다.]

저대로 두면 베헤모스가 죽을 것이다. 엘프들이 분을 참지 못해 덤빈다면 힘이 분산된 상태에서 싸워야 하기에 전멸할 가능성이 높았다. 설사 그렇지 않다고 해도 탄트라가 치고 빠지며 싸운다면 방법이 없었다.

―나와 같이 행동하겠다 그 말인가?

"그렇습니다."

이상으로 좋은 방법은 떠오르지 않았다. 찰나의 순간에 떠오른 선택이었다. 이미 말을 꺼냈기에 되돌릴 수도 없었다.

―안 된다! 샤일라스!

콰드득!

―크아아아!

탄트라가 머리를 잡은 반대쪽 손으로 베헤모스의 어깨를 부숴 버렸다. 어깨뼈 부분이 반으로 부러지며 그가 울부짖었다.

―좋아, 네가 간다면 이놈을 살려주지! 엘프들은 애초에 건들지 않기로 약속했으니까 안전을 보장하마.

그에 샤일라스가 안도의 한숨을 내쉬며 고개를 숙였다.

"감사합니다."

퍼어어억!

베헤모스의 배를 발로 후려치자 갈빗대가 부러지며 쿼르네인의 근처로 날아갔다.

―상처를 입혀놓지 않으면 또 막는다는 헛짓거리에 대비해 그렇게 한 거다.

엘프들은 그의 잔인함에 치를 떨면서도 항변하지 못했다.

―난 이 지긋지긋한 곳을 한시라도 빨리 벗어나고 싶다. 가도록 하지.

그에 샤일라스가 부탁했다.

"하루의 시간을 주세요."

탄트라는 곰곰이 생각하다가 하루 정도는 괜찮겠다는 듯 허락했다.

―좋아. 그러도록 하마.

＊　　　＊　　　＊

원래는 그날 바로 떠나려 했지만, 샤일라스의 부탁으로 하루의 말미를 내줬다. 그녀가 하루의 시간을 굳이 번 이유는 여행 준비를 하려는 목적보다는 앞으로의 행보에 관해서 장로 혹은 베헤모스와 상의를 해야 했기 때문이다.

일단 샤일라스는 정기적으로 보고를 올리기로 했다. 통신 수정을 지니고 다니면 거리에 따라 마력이 소모되긴 하지만 언제 어디서든 얼굴을 맞대고 이야기를 나눌 수 있었다.

그리고 최대한 탄트라가 인간 세상에서 마음대로 행동하지 못하게 잘 제어하라는 명령을 받았다.

베헤모스가 걱정하는 것은 단순히 인간들을 죽이거나 하는 자잘한 게 아니었다. 그가 마계로 이동하는 데 필요로 하는 마력의 총량은 가히 상상도 못할 정도다.

그런 엄청난 마력이 유동하면 틀림없이 대륙에 크나큰 변고가 생길 것이다. 베헤모스는 그런 점을 걱정하고 있었다. 최초 타오르던 불씨는 작아도 그것이 점점 커져 커다란 불이 되고 제때 진화하지 못한다면 번지고 번져서 세상 전체가 잿더미가 되고 말 테니까.

샤일라스는 고분고분히 그들의 말을 따랐다. 그녀는 엘프들을 위해 탄트라를 따라나선 것이다. 사적인 감정은 추호도 없었다.

"이쯤이었던 것 같은데."

날카롭게 생긴 미남자가 숲 이곳저곳을 둘러보며 말했다. 붉게 타오르는 머리카락과 눈동자는 보는 이들의 영혼을 흡입할 정도로 강렬했다. 훤칠한 키에 어울리는 장대한 체구는 하늘을 떠받치고 있는 느낌을 들게 하였다.

전체적인 외형이 예전, 인간일 적의 탄트라와 매우 흡사했다. 비록 머리카락과 안구의 색은 바꾸지 못해도 과거의 모습까지 바꾸고 싶진 않았기에 악마의 육체를 재구성하여 최대한 똑같이 만들었다.

아크아돈은 후작급의 고위 악마임에도 마법에는 조예가 깊지 못했다. 오로지 육체를 이용한 전투 기술만을 익혔다. 탄트라 역시 마법에 관해선 문외한이었다. 이것도 몇 번의 시행착오 끝에 성공한 것이다.

현재 그는 간단한 가죽 갑옷을 걸친 모습이다. 인간이었던 탄트라가 가장 편하게 입는 갑옷이어서 지금의 그도 꽤 만족했다.

"얼마 만에 오는 것인가."

탄트라는 예전에 잠시 머물렀던 동굴로 돌아왔다. 세월이 흘렀어도 여전히 아름다운 풍경이었다. 그때는 죽음이라는 적에게 쫓겨서 이런 경치를 감상할 여유가 없었다. 물론 지금은 달랐다. 이제 피어 마운틴에서 자신을 위협한 존재는 없었다.

"새로운 놈이 자리를 잡았군."

저 깊은 동굴 속에 마수의 움직임이 느껴졌다. 타이탄 파이선보다 약한 마수였다. 어쨌든 그게 중요한 게 아니었다.

"찾아줄 수 있겠나?"

"네, 가능할 거예요."

샤일라스는 바람의 상급 정령 실라페를 소환했다. 그리고는 정중하게 부탁했다. 실라페가 소리를 내지르며 상공 높은 곳으로 날아올라 어디론가 사라졌다.

"차근차근히 아주 하나씩 정리해 나가겠다."

탄트라는 가만히 서 있는 샤일라스를 보며 말했다.

"베헤모스를 살려주는 대가로 나를 도와주겠다는 말을 잊지 말았으면 한다."

"알겠어요."

고향으로 돌아가려고 어떤 짓을 해야 할지는 그 자신도 알지 못했다. 그러나 필요하다면 뭐든 다 할 것이다. 방해는 금물이었다.

끼루루루!

"찾았다는군요."

"가지."

파팟!

탄트라와 샤일라스가 숲을 가로지르며 달려갔다. 둘에게 있어 나무나 바위 등은 장애물 축에도 끼지 못했다.

실라페는 상공에서 조금씩 움직이며 그들을 일정 지점까지 안내하고 있었다. 대략 10여 분 정도를 쉬지 않고 달렸다. 전방에 커다란 바위산이 보였다. 탄트라가 원하는 놈이 바로 그 바위산 아래에서 무언가를 뜯어 먹고 있었다.

"그때는 저놈이 얼마나 무서웠던지."

"제법 강한 마수라서 저희 일족에서도 호위단장 정도가 아니면 상대하지 못해요."

우적우적!

털 하나 없는 한 쌍의 머리와 철갑으로 무장된 두꺼운 갈색 근육은 10년 전이나 지금이나 똑같이 건재했다. 허리춤에 방망이를 들고 다니는 습관도 여전했다.

"미치도록 반갑군."

크크르르?

트윈 헤드 오거는 뒤에서 들리는 이질적인 소리를 듣고는 왼쪽 고개를 꺾어 쳐다봤다. 그곳에 작은 생명체 두 마리가 자신을 쳐다보고 있었다. 의아했다. 이렇게 가까이 다가올 동안 눈치채지 못한 적이 없었다.

냄새로 보건대 멀리 가야 먹을 수 있는 고기는 아니었다. 이상한 가죽으로 뒤덮였어도 숲에서 뛰어다니며 거슬리게 하던 것들이 틀림없었다.

붉은 털을 지닌, 나머지 하나의 생김새는 그런 종류와 비슷한데 한 번도 맡아보지 못한 냄새였다.

크크크크!

아무래도 상관없었다.

마침 사냥해 온 먹이가 부족한 차였다. 저것들을 잡아먹으면 딱 배가 부를 것 같았다.

"오랜만이다."

쿵!

10미터에 달하는 거구가 일어서자 땅이 흔들리며 돌가루가 풀풀 날렸다. 몰랐을 때는 트윈 헤드 오거가 정말 거대한 마수인 줄 알았다. 그러나 아크아돈의 기억을 흡수하고 나서는 그보다 큰 마수가 수도 없이 많다는 것을 알게 됐다. 싸이클롭스만 해도 트윈 헤드 오거보다 두 배 이상 거대했다.

"그때처럼 사로잡게?"

탄트라는 계속 혼잣말을 했다. 언어를 모르는 트윈 헤드 오거가 대답해 줄 리가 없었다.

해야 할 일 중에 저놈을 죽이는 것도 포함되어 있었다. 그의 기억 속에 잠재된 트윈 헤드 오거는 공포로 군림하고 있었으니까.

신경 쓰이는 것은 모두 해결할 생각이다.

샤일라스는 옆에서 가만히 구경만 하고 있었다. 도와줄 필요도 없었으며 그럴 생각도 없었다.

크어어엉!

포식자 피어가 터지며 그에 놀란 산새들이 하늘로 날아올랐다. 개중에는 피어의 영향으로 땅바닥으로 곤두박질치는 녀석들도 있었다.

후우우웅!

사람 정도는 한 손에 쥘 만큼 거대한 손바닥이 옛 추억을 되살리며 빠르게 다가왔다. 예전에는 피하는 게 고작이었던 속도가 이제는 그저 그렇게 보였다.

슈슈슈슈!

딱 공격이 다가오는 거리까지만 이동했다. 한 발 한 발 옮기며 트윈 헤드 오거의 공격을 피했다.

크르르르!

"역시 지능이 높은 놈이라니까."

이상함을 느꼈는지 트윈 헤드 오거가 거리를 벌리며 허리춤에 매어뒀던 방망이를 꺼내 들어 내려쳤다.

쾅쾅쾅!

공격 속도가 빨라졌다. 타격 지점까지 거리가 짧아졌기에 시간을 단축할 수 있어서다. 하지만 탄트라를 맞추지는 못했다. 이미 어깨가 움직이려 할 때 그것을 보고 동선을 예측해서인지 죄다 헛방이었다.

콰앙!

"크윽!"

트윈 헤드 오거는 탄트라가 내려치던 방망이를 피하자 회수하는 대신 옆으로 돌려서 후려쳤다. 졸지에 피하다가 후려 맞은 그는 수십 미터나 날려갔다.

"큭! 크하하하! 재밌어!"

지능이 굉장히 높은 놈이다. 다른 트윈 헤드 오거들도 저럴지가 궁금했다.

피하는 순간에 방망이의 궤도를 바꿔 움직이는 쪽으로 따라붙어서 치는 것은 인간도 하기 힘든 응용 기술이다. 왼팔이 저렸다. 방심하고 쇼크웨이브를 완벽히 두르지 못해 큰 충격을 입었다.

확실히 본체를 억제하고 있는 상태로는 블레이드 킬러를 다루기가 어려웠다.

인간의 모습을 기준으로 예전 오크들과 비교해 봤을 때 대전사보다는 강하며 대족장보다는 약했다. 그래, 족장 정도의 실력을 갖추고 있었다. 몸 상태가 정상이었다면 더 강했겠지만, 지금은 이게 한계였다.

슈아아악!

탄트라의 손을 타고 날아간 붉은 오러가 트윈 헤드 오거의 목 부근을 사정없이 가르고 지나갔다.

크으으으!

가죽을 파고들며 근육까지 찢어버리자 피가 흘러나왔다. 예전에는 생채기를 내는 정도가 고작이었는데 이젠 공격 하나하나가 목숨을 위협할 정도였다.

크어어엉!

트윈 헤드 오거가 분노했다. 어디선가 당해본 공격이다. 그런데 생각나지가 않았다. 탄트라는 일부러 한곳만을 집중적으로 공격했다. 예전처럼 실력이 안 돼서 하는 짓이 아니라 최대한 가죽을 상하지 않게 하려는 차원에서이다.

"확실히 3급 마수쯤 되면 여유롭게 제압하기가 쉽지는 않군."

단순히 죽이려고 했다면 이미 그러고도 남았다. 샤일라스의 도움을 받으면 쉽게 제압할 수 있었다. 그러나 이런 사소한 것까지 도와달라고 말할 필요는 없었다.

"부분 변화."

우드드득!

탄트라가 왼쪽 팔만 변화시켰다. 작은 육체에 어울리지 않는 거대한 붉은 팔이 생겨나며 날카로운 검의 형태를 취했다.

파아아앙!

오러를 최대한 모아 내리긋자 대기를 가른 붉은빛이 트윈 헤드 오거의 목을 그대로 잘라 버렸다. 그것도 두 개의 목이 한 번에 잘렸다. 너무 빨라서 그런지 트윈 헤드 오거는 목이 잘리고도 손을 들어 목 부근을 만지고서야 숨통이 끊겼다.

피가 분수처럼 솟으며 사방으로 흩어지려 하자 샤일라스가 마법을 이용해 트윈 헤드 오거의 육체를 고정하고 뿜어져 나오는 피를 가지고 온 용기에 담았다.

엘프도 마수와의 싸움에서 살아남으며 피에 대한 효력과 필요성을 느꼈기에 해체 작업 정도는 다들 할 줄 알았다. 탄트라는 피를 다 받자마자 가죽과 뼈 등을 상처 없이 해체했다. 다 쓸모가 있기 때문이다.

"이제 한 놈만 잡으면 된다."

인간이었을 적엔 나가는 길을 찾으려고 어찌나 발악했던가. 이제는 그냥 가는 곳이 길이었다.

이곳에서는 폭포를 타고 오르는 길이 가장 가까웠다. 그곳에 사는 메드니스 크로커다일을 잡은 다음 세상으로 나가면 된다.

흥분됐다. 10년 만에 보게 될 세상은 어떻게 변해 있을지가 너무도 궁금했다. 악마로서의 생에 비하면 짧았으나 인간에 비교하면 길고 긴 시간이다.

하루빨리 나가고 싶었다.

"재미날 거야."

아주 재미날 것이다.

제7장

대도시 카바드

　제대로 한몫 잡으면 평생 놀고먹을 정도로 많은 재화를 가져다주는 물품이 마수의 사체다. 그래서 마수들이 대규모로 출몰하는 지역에는 원활한 사체 거래를 위하여 최소 작은 도시가 세워진다.

　사대금역만큼 거대한 서식처 주변에는 한 나라의 수도 부럽지 않은 대도시가 반드시 존재했다.

　이러한 도시들은 유동 인구가 대단히 많아서 어마어마한 상권이 형성되어 나라에서 운영하는 곳도, 상단에서 운영하는 곳도 있었다.

　마수상단연합.

수백 개 중소 상단의 연합체로서 아르벤드 대륙 전역에 퍼진 마수 관련 상권을 독점하여 세를 불린 초거대 상단이었다.

　이들은 금역과 맞닿아 있는 나라의 국왕에게 그 지역에 관한 소유권을 구매했다. 상단의 재정이 휘청거릴 막대한 재화가 들었지만 꿋꿋하게 밀고 나갔고, 그러한 모습을 본 모두가 미쳤다고 손가락질했다.

　대도시 카바드.

　그렇게 상단의 미래가 우여곡절 끝에 탄생했다. 피어 마운틴과 가장 가까운 대도시이며 최초로 만들어졌기에 활발한 거래가 이루어졌다. 이를 계기로 마수상단연합은 대륙 오대 상단에서 제일상단으로 탈바꿈했다. 그야말로 비상의 시작이었다.

＊　　　＊　　　＊

　"여전하군."

　북적북적!

　10년 전 마지막으로 들렀을 때나 지금이나 똑같이 엄청난 인구가 북적거렸다. 그는 이보다 거대한 도시에도 가본 적이 많았다. 알칸시아 제국의 황도만 해도 카바드보다 몇 배는 더 거대했다.

　하지만 카바드는 그만의 매력을 지니고 있었다. 대도시를 위장한 시장터인 이곳은 만들어진 구조부터 환경과 느낌까지 전체가 달랐다.

상인들에 의해 만들어져서 그런지 겉모습도 화려하지 않고 굉장히 실용적이었다. 건물들이 심하게 밀집되어 있었다. 다닥다닥 붙어 있다는 표현이 딱 들어맞았다. 이 모든 것이 상점이었다.

'기뻐하는구나.'

샤일라스는 무표정으로 주변을 둘러보는 탄트라를 보며 그가 기뻐하고 있다는 것을 느낄 수 있었다.

지금 이 상황은 그가 그토록 바라던 자유로운 삶 자체였다. 평범한 인간이었을 때 이렇게 됐다면 더욱 좋았을 텐데.

"헌터본부로 간다."

"그곳을 왜 가죠?"

"신분증이 필요하니까."

나라를 오고 가거나 뭔가를 행함에서 신분증이 없다면 불편한 점이 이만저만이 아니다. 가장 쉽게 신분증을 만드는 방법은 헌터패였다. 만들어두면 절대 손해 볼 일은 없었다.

"저는 있으니 탄트라님만 발급받으면 되겠군요."

"엘프에게 인간들의 신분증이 있다고?"

탄트라가 의아한 듯 물었다.

"일반 엘프들은 피어 마운틴을 벗어나지 못해요. 하지만 호위 단장급부터는 필요한 생필품이나 기타 물품을 거래하기 위해 종종 바깥으로 나간답니다. 그래서 저희도 인간으로 위장하기 위한 신분증은 만들어놨죠."

피어 마운틴 내부에서 구하기엔 어려운 물품이 많았다. 인간을 싫어해도 그들이 만든 물품 중에는 엘프들에게 유용한 것이 매우 많았다.

"헌터 등급 패인가?"

"그렇습니다."

"몇 등급이지?"

"처음엔 낮게 만들었는데 무시하더군요. 그래서 S등급으로 발급받았습니다."

귀찮은 점을 피하려고 C~D등급 헌터 패를 발급받자 잔챙이들이 꼬였다. 로브 좀 벗어보라든가, 냄새가 좋다든가 등등. 이에 발끈한 엘프들이 S~A등급 패를 재발급받아 그런 종자들은 모두 치워 버렸다.

"좋군."

탄트라의 등급도 S였다. 이러면 여행을 하거나 무슨 일이 있을 때 상당히 유리한 고지를 점할 수 있었다. 인간 세상에서 위에 서려면 무력이든 금력이든 권력이든 뭐든 하나는 가지고 있어야 했다.

탄트라는 기억을 더듬어 헌터본부를 찾아갔다. 변한 점은 없었기에 쉽게 찾을 수 있었다.

확실히 본부 급의 규모라서 그런지 웬만한 마을보다도 크고 넓었다. 문 같은 것도 없었다. 그저 기둥을 양옆에 박아놔서 다른 곳과는 차별화시켜 놓은 게 전부였다. 누구든 출입하도록 뚫어놨다고 보면 된다.

"발급받은 지는 얼마나 됐지?"

"일 년 정도 된 것 같아요."

"나만 하면 되겠군."

헌터 패를 발급받는다고 하여 딱히 의뢰를 수행할 필요는 없다. 최초 시험을 볼 때만 증명하고 그 후로는 자유였다. 다만 5년에 한 번은 갱신해야 했다.

탄트라의 경우, 10년이나 무소식이어서 재발급을 하려면 갱신이 필요했다. 본인이란 증명 절차를 거쳐야 하기에 제법 귀찮겠지만, 다시 시험을 보지는 않을 것이다.

탄트라가 헌터본부 내부에 들어서자 헌터들이 시선이 잠시나마 머물렀다.

호리호리한 체구에 로브를 뒤집어쓴 샤일라스와 1.9미터의 탄트라는 묘한 매력이 돋보였다. 그는 신경 쓰지 않고 접수처로 향했다. 거리가 가까워지자 앉아 있던 헌터가 반응했다.

"용무가 뭐지?"

초장부터 반말이다. 거친 사내들이라 그런지 예의라곤 없었다. 탄트라는 신경 쓰지 않고 답했다.

"갱신."

접수원은 탄트라를 훑어보면서 종이와 펜을 내줬다.

스윽.

군말없이 거기에 적혀 있는 양식대로 작성했다. 이것을 주고 확인만 받으면 끝나는 간단한 절차였다. 헌터 패를 발급받을 때나 귀찮지 갱신은 별것 없었다. 작성을 끝내고 접수원에게 건네줬다.

접수원은 성의 없게 받아 슬며시 종이를 쳐다보고는 탄성을 내질렀다.

"헉! S급 헌터 알칸?"

각자 할 일을 하던 헌터들이 설마 하는 표정으로 탄트라를 다시금 쳐다봤다. 10년이 지났지만 경험 많은 헌터치고 탄트라를 모르는 자는 없었다.

폭풍의 알칸.

수백 번의 마수 의뢰 사냥에서 실패한 적이 없는 떠오르던 젊은 헌터였다. 출신지는 불분명했지만 살상 위주의 무술을 익혀 뛰어난 실력을 지닌 무인이었다. S급 헌터 승급 시험 당시, 담당관이 보는 앞에서 오거를 맨손으로 때려잡은 일화는 아직도 헌터들 사이에서 화제로 떠돌고 있었다.

탄트라의 정체를 알게 된 접수원은 그를 잠깐 쳐다보다 눈을 마주치지 못하고 고개를 숙였다. 고작해야 B급 헌터인 그가 대놓고 쳐다보기엔 상대가 너무나 거물이었다.

"저, 접수 완료됐습니다. 잠시만 기다려 주십시오."

탄트라는 구석진 곳에 마련된 의자에 편히 앉았다. 대기자가 많았다. 조금 기다려야 할 것이다.

"알칸은 가명인가요?"

"아아, 탄트라란 이름을 그대로 사용할 수는 없는 상황이었지."

새로운 삶을 위해 이름까지 바꿔서 헌터 생활을 했는데 채 3년을 못 가서 들통이 났고, 도망치게 됐다. 모든 게 이 황자이자 형님이라 불렀던 알칸시아 폰 라이데온 때문이었다.

이곳에서 알칸시아 제국까지는 말을 타도 1년이나 걸리는 엄청난 거리였다. 그런데도 결국엔 찾아냈다. 집착을 넘어선 병이었다.

그때는 힘이 없어서 도망쳤지만 지금은 달랐다. 오는 족족 모조리 죽일 것이다. 그리고 그놈의 모가지를 이 두 손으로 직접 비틀어 버릴 예정이다.

자신이 살아 있다고 믿는다면 경계를 풀지 않았을 것이고, 죽었다고 믿는다면 알칸이라는 가명을 그대로 사용해도 문제없을 것이다.

사실 어느 쪽이든 상관없었다.

'내가 직접 찾아갈 때까지 잘살고 있어라.'

그쪽에서 오지 않는다면 직접 찾아가서 죽일 생각이다.

'왜 그럴까?'

탄트라는 지금 모르고 있었다. 그는 환하게 웃고 있었으나 전혀 기뻐서 웃는 것처럼 안 보였다. 미소 속에 살기가 감돌았다.

이 주변의 인간들은 수준이 낮아서 모르는 것 같아도 샤일라스는 느낄 수 있었다. 탄트라가 누군가를 향해 살심을 품고 있다는 것을 말이다.

"저, 저기!"

"내 차례인가?"

"본부장님 방으로 모시라고 했습니다."

조금 전 접수를 위해 움직였던 접수원이 다가와 말을 걸었다. 본부장의 방으로 가잔다. 10년 전의 본부장과 똑같다면 이야기가 쉽게 풀릴 것이다.

"가지."

＊　　　＊　　　＊

헌터본부장의 집무실치고는 단출했다. 규모는 제법 컸지만 값비싼 물품은 보이지 않았다. 그저 마수 사냥 시에 사용하는 각종 병장기와 살아온 흔적들이 곳곳에 엿보였다.

"오랜만이군."

"알칸? 네가 알칸이라고?"

본부장 카밀란은 황당하다는 듯 말했다.

그가 아는 알칸은 찬란한 금발에 금안을 지닌 날카로운 미남이었다. 눈앞에 보이는 사내와 전체적으로 비슷할 뿐 머리카락의 색이나 눈, 덩치 등이 전부 달랐다.

"모습이 좀 많이 바뀌었지?"

"장난질을 치려거든 지금 나가거라."

가끔 이런 되지도 않는 짓거리를 하는 족속들이 있었다. 대부분 그 자리에서 죽여도 별다른 탈이 없는 쓰레기였다.

카밀란은 피를 보는 걸 좋아하는 성격이 아니라서 그만두라는 의미에서 경고했다.

우우웅!

변하지 않고 여전한 성격에 피식 웃은 탄트라가 블레이드 킬러를 개방했다. 미약한 진동이 퍼져 나가도록 아주 약하게 펼쳤다. 이런 곳에서 제대로 힘을 발휘했다간 건물 전체가 무너지고 말 것이다.

"그, 그건!"

카밀란이 화들짝 놀랐다. 오러를 응용해 진동으로 변환시켜 사용하는 특이한 무술은 그가 아는 한도 내에선 알칸밖에 쓰지 않았다. 다른 이들은 흉내조차 내지 못한다.

"믿겠나?"

이것 가지고는 안 된다. 확인이 필요했다.

"우리 첫 만남이 어땠지?"

"초면인 주제에 오 골드를 꿔달라고 했지. 어이가 없더군."

"오! 알칸이야! 알칸이 맞아!"

둘만이 알고 있는 비밀 아닌 비밀이다.

12년 전, 카밀란이 중소 도시 규모에 세워진 헌터 지부장이었을 적에 우연히 술집에서 마주친 적이 있었다. 분명 처음 보는 사이인데 5골드를 빌려달라고 했었다. 1골드면 평민 한 명이 한 달을 먹고살 금액이었다. 적은 액수가 아니란 소리다.

당시 탄트라는 한 달에 수천 골드 이상을 버는 S급 헌터였기에 거지 적선하는 셈 치고 빌려주긴 했다. 상대의 절제된 움직임과 입고 있는 옷차림을 보고는 5골드로 생색낼 자가 아니란 생각을 해서였다. 나중에 가서 헌터 지부의 책임자란 것을 알았을 때는 꽤 놀랐다.

그게 인연이 되어 이후로는 제법 친하게 지내며 연락도 종종 했다. 그러나 피어 마운틴으로 들어간 직후에 연락이 끊겼다.

"그런데 모습이 왜……?"

"경지에 이른 자가 모습이 바뀌는 이유가 뭐가 있지?"

"설마 바디 체인지를 겪은 것인가?"

바디 체인지.

마스터를 증명하는 여러 기준점 중의 하나다. 육체가 자신이 익혀온 무술에 적합하게 바뀌는 일종의 변화였다. 검을 익힌 자는 검에 맞게, 창을 익힌 자는 창에 맞게 육체가 재구성

된다. 골격이 바뀌기에 덩치가 커지거나 키가 커지는 경우는 흔했다. 그래도 본질적으로 머리와 눈썹, 안구색 등이 변하는 경우는 없었다.

"하지만 머리와 눈이… 아하?"

"눈치는 여전하군. 맞다. 염색과 마법이지."

아크아돈의 피부색이 붉은색이라서 생기는 현상이었다. 이걸 일일이 설명할 수는 없었다. 설득에는 거짓말이 최고였다.

스윽.

탄트라는 옆에 있던 샤일라스를 향해 고갯짓했다. 카밀란은 그녀를 보면서 이해했다는 듯 끄덕였다. 로브를 쓰고 있는 자는 마도사로 보였다. 뭔가 사정이 있는 것으로 생각했다.

"아! 미안하네. 일단 앉지."

그러고 보니 계속 서 있었다. 카밀란의 손짓에 제법 고급스러운 소파에 앉고서 말을 이었다.

"지난 십 년 동안 수련을 한 건가?"

"그래, 깨달음이 있었다. 잡힐 듯 말 듯하더군."

"하! 마흔을 바라보는 중년 남자가 청년처럼 보이다니!"

카밀란이 알고 있는 인간 탄트라의 나이는 정확히 올해로 38세였다. 악마의 나이로 계산하면 3천 살도 넘지만.

"실력이 퇴보했군."

"어쩌겠어. 자네를 만났을 때가 딱 지부장 옷 벗고 카바드 본부장으로 발령받을 때였거든. 세월에 장사 없고, 현역에서 물러난 지도 오래됐으니까."

카밀란은 현역 시절 A급 헌터로서 처음부터 헌터본부에서 일하고 있었다. 즉 외부인이 아닌 내부인이었다고 보면 된다. 그렇기에 갓 50도 안 된 나이로 카바드 본부장을 맡을 수 있었다.

"단검 다루는 솜씨는 제법 쓸 만했건만, 이젠 바늘도 못 다루겠군."

"허! 그 정도는 아니네!"

카밀란은 완전히 경계를 풀어버렸다. 겉모습이 변하긴 했어도 그가 아는 알칸이 분명했다.

"갱신 시험을 봐야 하는가?"

"그럴 필요 없네. 마스터에 오른 무인에게 시험? 모욕이지. 그냥 그……."

"완성된 오러를 보고 싶은 건가?"

카밀란이 아무리 은퇴했어도 헌터였다. 더 나아가 헌터들도 따지고 보면 무인이다. 마스터에 오른 자의 오러를 보고 싶어 하는 건 당연했다. 엑스퍼트들의 오러와는 차원이 다른 선명함을 보유하고 있으니까.

우우웅!

탄트라의 손을 타고 피처럼 붉은 오러가 뿜어져 나왔다. 점차 유형화되며 검처럼 만들어지자 카밀란의 눈동자가 흔들렸다.

틀림없는 완성된 오러였다. 아르벤드 대륙 전역을 뒤져도 수십도 되지 않을 위대한 무인이 바로 눈앞에 있다. 그리고 더욱 떨리는 이유는 그가 동료라는 점이다.

"대단하구먼."

자신은 오래전 무에서 손을 놔버렸다. 그런데 동료는 더욱 수련하여 마스터의 경지에 들었다. 내심 부러운 마음이 들었다. 그래도 그가 노력한 결과이니 축하해줘야 했다.

"알칸이란 이름을 탄트라로 바꿔줘."

"탄트라?"

"내 본명이다."

카밀란은 물어보지 않았다. 사연 없는 사람이 어디 있겠는가? 오히려 자신의 본명을 밝혀줘서 기분이 좋았다. 헌터들 사이에선 수십 년을 알고 지내도 가명을 본명으로 알고 살아가는 자가 허다했다.

"괜찮겠어?"

"이젠 괜찮다."

더는 이름을 숨길 필요가 없었다. 아르벤드 대륙의 그 누구도 자신을 어쩌지 못한다. 앞으로는 피하지 않는다. 다가오면 부딪쳐서 정면으로 부순다.

"자할!"

카밀란이 부르자 집무실 바깥에서 큰 소리가 들렸다.

"예!"

"S급 헌터 알칸의 헌터 패를 탄트라란 이름으로 갱신시켜 와라!"

"알겠습니다!"

이 정도는 그의 권한으로 해결할 수 있었다. 카바드 본부장의 권한은 헌터들에게 막대한 영향력을 행사한다.

"대륙이 난장판이 되면 숨어 있는 무인들이 나타난다는 말이 맞긴 맞나 봐."

"난장판?"

"설마 모르는 건가? 십 년 동안 세상을 잊기라도 한 거야?"

이그드라실에 봉인되어서 정신을 잃고 있었다. 틀린 말은 아니었다.

끄덕.

긍정 어린 고갯짓에 카밀란이 한숨을 내쉬었다.

"하긴 마스터가 무슨 시골 영지 기사도 아니고, 그런 각오는 해야겠지. 어떻게 말해야 할까? 음, 지금 대륙은 아주 난장판이네. 카바드야 금역 부근인데다가 아주 외곽에 자리 잡고 있으니까 조용할 뿐, 현재 동부와 북부의 십삼 왕국은 전시 동맹을 맺고 있다네.

"전쟁이라도 일어났나?"

"났나가 아니라 이미 터진 지 칠 년이 넘었어."

나라 간의 전쟁은 그리 대단한 게 아니다.

탄트라가 황자였던 시절에도 주변국들은 조금이라도 땅덩이를 뺏기 위해 서로 물어뜯었다. 그렇다고 카밀란의 말을 그냥 무시하기도 뭣했다. 단순히 나라 간의 전쟁으로 보기에는 표정이 좋지 않았다.

"대체 전쟁을 일으킨 나라가 어느 곳이지?"

"대륙 최강대국 알칸시아 제국."

"알칸시아?"

탄트라가 놀랍다는 듯 되받아치자 카밀란이 재차 설명했다.

"자네가 사라진 십 년 사이에 많은 일이 있었다네."

  *   *   *

알칸시아 제국은 수년간 이어진 내전의 영향으로 전체 국력의 3할이 줄어들었다. 고작이라 생각하는 자도 적지 않을 테지만, 제국의 3할이면 어지간한 중소왕국 두세 곳을 합친 국력과 맞먹었다.

황제로 등극한 존재는 이 황자였던 라이데온으로 그는 황녀들을 제외한 남자 형제를 모조리 죽여 버렸다.

황녀들을 살려둔 이유는 주변국들과의 정략결혼을 위한

포석이었다. 대대로 알칸시아 황가의 핏줄은 찬란한 금발과 금안을 타고난 미남미녀로 유명했다.

황가에는 다섯 명의 황자와 네 명의 황녀가 있었다. 일, 사, 오 황자는 죽었고 삼 황자는 행방불명되었으며, 네 명의 황녀는 라이데온에 의해 살아도 죽느니만 못하게 되었다.

내전 이후 라이데온 황제는 처음 3년간은 내부 정비에 치중했다. 아무리 예전보다 국력이 약해졌다 해도 호랑이는 호랑이다. 감히 고양이들이 엉겨 붙을 상대가 아니었다. 혹시나 하고 달려들었다간 나라가 쑥대밭이 될 것이 뻔했기에 주변국들은 전부 쉬쉬하며 숨죽였다.

3년 동안 내부 정비에 치중하여 예전의 국력을 회복한 제국은 네 명의 황녀를 충성을 맹세한 우호국에 시집보냈다.

좋게 말해 시집이지 살려주는 대가로 팔려갔다는 표현이 알맞았다.

국력을 되찾고 황녀를 팔아넘겨 더욱 강성해진 세력을 보유한 라이데온 황제는 충성을 거부한 주변국들을 향해 전쟁을 선포했다. 이렇다 할 명분 따위는 없었다. 강력한 힘 앞에 명분이고 뭐고 전부 쓸모없는 단어일 뿐이니까.

정확히 5년이 걸렸다. 알칸시아 제국의 거점이던 아르벤드 대륙의 남부지역과 서부지역을 장악하는 데 걸린 시간이 말이다.

내전이 끝나고 5년 만에 대륙의 절반을 손에 넣은 것이다.

물론 전부 전쟁을 통해서 얻은 건 아니었다. 지레 겁을 먹은 나라들이 너도나도 속국을 자처했다.

라이데온 황제는 각국의 왕자와 공주, 혹은 고위 귀족의 자제들을 인질로 잡아 허튼 생각을 하지 못하게 만들었다.

속국으로서의 모범을 보이라는 명목하에 각 나라의 병권을 통제하여 대륙 정벌의 선두로 나서게 하였다. 속국들은 빼도 박도 못하고 전쟁터로 나가 스스로 국력을 깎아 먹는 지름길을 걷게 됐다.

하지만 어찌하랴. 그리 안 하면 강제로 점령당하게 될 처지였다.

남부와 서부지역 여덟 개 나라를 강제 통합한 라이데온 황제는 2년의 세월을 재정비에 사용했다. 그리고 지금으로부터 한 달 전, 침묵하던 알칸시아 제국이 대륙 동부를 향해 병력을 움직이려는 징조를 보였다.

이에 발등에 불이 떨어진 것은 동부의 여덟 개 나라와 북부의 다섯 개 나라였다. 말이 동부지 다음은 북부일 게 뻔했다. 그렇기에 그들은 긴급히 회담했다. 국왕의 직권을 이어받은 십삼 개 나라의 대리인들이 한곳에 모여 사태 파악에 대한 해결점을 제시했다.

십삼왕국연맹은 그렇게 탄생했다.

자국의 기본 병력을 제외한 200만 대군을 추려 적대시하던 행위를 중지하고 전시체제에 돌입하여 제국 쪽으로 병력을 돌렸다.

대체로 동부와 북부의 나라들이 남부와 서부의 나라들보다 국력이 조금씩 강했다. 그럼에도 제국의 국력에 밀려 세력 면에서는 조금 열세였다. 그렇다고 무시할 수준은 아니었다.

대체로 전략가들의 비교 분석을 따르면 남부와 서부의 힘을 10으로 칠 때, 북부와 동부는 7이 조금 넘고 8에는 약간 못 미치는 수준으로 봤다.

이러한 수치가 나온 이유는 단 하나다.

대륙 제일기사 데메우스 대공.

그랜드 마스터에 오른 기사이자 현 황제의 외삼촌으로 조카를 황위에 올린 입지적인 인물이다. 제국 십대기사 전부가 달려들어도 그 하나를 이기지 못할 정도였다.

십삼왕국연맹의 병력 수준이나 질은 결코 제국군과 비교해서 떨어지지 않았다. 그러나 데메우스 대공의 이름이 거론될 경우, 모두 고개를 절레절레 저었다. 도무지 상대할 방법이 없었기 때문이다.

그 혼자서도 십삼왕국연맹에서 보유한 12명의 마스터 전부를 상대할 수 있다는 평가가 나왔다. 그렇게 되면 제국 측의 다른 마스터를 상대할 전력이 비어버려 속수무책으로 당할 가능성이 높았다.

이래도 고민, 저래도 고민이었다.

제국군의 집결과 이동 상황으로 판단컨대 오래 걸려도 몇 년 후에는 아르벤드 대륙 전체의 국운을 건 대전쟁이 터질 것이다.

"헌터들이나 다른 제삼자의 측면에서 봐도 십삼왕국연맹이 불리하단 소리지, 결국은."

카밀란은 답답했다.

전쟁이, 그것도 대전쟁이 터지면 누구에게든 피해가 미친다. 카밀란은 십삼왕국연맹의 한곳인 라일드 왕국의 국민이었다. 당연히 국적도 라일드 왕국이다. 전쟁에서 패하면 그의 높은 직책상 싫든 좋든 일이 생길 것이다.

"데메우스 대공이라……."

탄트라는 한쪽 구석에서 가라앉아 있던 기억을 끄집어냈다. 정말이지 인간 같지 않은 자였다. 검질 한 번에 산을 쪼개고 바다를 가른다고 했던가? 그것은 불가능할지라도 인간의 한계를 초월한 것은 분명했다.

굳이 비교해 보자면 오크 족장들보다도 강했다. 대족장은 폭주했을 때 싸웠기에 정확한 실력 측정이 어려웠지만, 인간의 끝을 모르는 한계를 생각하면 어떻게 될지 몰랐다.

'그래도 이 모습으론 못 이긴다.'

7할밖에 회복되지 않은 본체의 힘을 압축하여 인간으로 변했다. 힘의 크기가 더욱 줄어드는 건 당연하다. 건재한 상태였다면 몰라도 지금으로썬 이기지 못한다.

물론 악마로 현신하면 이길 수는 있다. 그러나 그때부터는 인간들의 표적이 될 것이다. 하여 최대한 자제하며 활동할 생각이다.

할 일이 몇 가지 있었다. 그전에는 정체가 들통 나서는 안 된다. 못해도 일이 끝나기까진 숨겨야 했다.

"그만 없다면 어떻게든 십삼왕국연맹에도 승기는 있겠지만, 데메우스 대공이 있는 한은 시간 벌기지."

"그렇군."

맞는 말이다. 탄트라가 마지막으로 데메우스 공작을 본 것이 13년 전이다. 그는 그때도 그랜드 마스터였다. 어쩌면 오크 대족장보다 더 강해졌을지도 모른다. 인간에게 있어 13년이란 세월은 뭔가를 이루기에 충분했다.

"아! 그러면 자네는 그것도 모르겠군?"

카밀린이 갑자기 떠올랐는지 되물었다.

"그것?"

"일 년 뒤에 십삼왕국연맹에서 무술대회를 개최하거든."

"대회?"

종종 자국 내에 존재하는 뛰어난 인재를 찾아내기 위해 무술대회나 마법대회를 여는 일은 흔했다. 알칸시아 제국만 해도 의무적으로 10년에 한 번씩 제국무술대회를 열어 인재들을 선발했다.

"공동으로 개최하는 대회답게 규모가 엄청나다네. 제국에서 열리는 대회보다도 말이지."

그럴 것이다. 아무리 제국이라도 십삼 개 나라가 동시에 개최하는 것보다 성대하게 치를 수는 없었다. 예산은 무시하지 못하니까.

"상품이 어마어마하겠군."

"놀랄걸?"

본선 2차전에만 올라도 십삼 왕국 어디든 간에 남작의 작위와 비옥한 영지가 하사된다. 위로 올라갈수록 보상은 더욱 커졌다. 이쯤 되면 얼마나 심혈을 기울여 만든 대회인지 짐작할 수 있을 것이다.

"대박은 결승까지 오른 두 명이지."

둘 모두에게 공작의 작위와 100만 골드가 하사되고 마음에 드는 십삼 왕국 공주들과의 혼인을 보장한다. 특히 우승자에게는 눈이 뒤집힐 만한 아티팩트가 주어진다.

"데헬린 왕국에서 보유 중인 신병을 준다더군."

"설마 사대신병의 하나인 뇌창을 말하는 건가?"

"물론이지."

"미쳤군."

뇌창 라이트닝 블리츠.

사대신병 전체는 누가 만들었는지 모를 정도로 까마득한 세월 동안 전해져 내려왔다.

하나하나가 강력한 권능을 지녔지만, 그중 최고의 신병은 뇌창이었다. 데헬린 왕국의 초대 국왕이자 뇌전의 기사였던 데헬린 폰 루라기우스가 사용한 전설적인 신창으로 1급 뇌전 계열 공격 마법 '갓 오브 더 기가데인'의 뇌력이 내장된 창이다.

스스로 주인을 선택할 줄 아는, 대륙에서 손꼽히는 보물 중의 보물이다. 그런데 그것을 내놓다니 정말 각오를 단단히 한 듯싶었다.

"자네가 참가하면 우승도 노려볼 만하지. 자넨 마스터니까."

블레이드 킬러는 어떤 무기로도 응용할 수 있었다. 검이든 창이든 도끼든 상관없었다.

탄트라가 격투 위주로 수련했다고 하여 무기를 다룰 줄 모른다 생각하면 오산이다. 비주류 병기는 몰라도 검과 창 정도는 쉽게 다뤘다.

"탐나는군."

애초에 십삼왕국연맹이 무술대회를 개최하는 이유는 전쟁을 대비해 인재들을 걸러내려는 일종의 절차로 보면 된다. 군이 공주들과 혼인시키려는 것은 혈연으로 묶으려는 얄팍한 수법이었다.

'라이데온을 죽이려면 십삼왕국연맹에 서는 게 제일이다.'

건재한 상태에서 퓨리오스가 있다면 몰라도 지금으로써는 수백만의 병력과 마스터들을 뚫고 라이데온을 암살하는 건 불가능했다. 그렇다면 세력을 등에 업고 싸우는 게 최고

였다. 십삼 왕국의 편에 선다면 재미있는 그림이 나올 것 같
았다.

'일단은 천천히 생각해 보자.'

대회까지는 1년이나 남았다. 시간은 많았기에 급할 필요는
없었다.

"좋은 정보 고맙네."

"어디로 갈 생각인가?"

"모르겠군. 일단은 돌아다녀 보려고."

"알겠네."

카밀란은 굳이 말을 길게 끌지 않았다. 헌터들의 세계에서
만나고 헤어짐은 흔했다.

"그럼."

"도움이 필요하면 찾아오게."

알아볼 일이 몇 가지 있었다.

앞으로 해야 할 일들과 밀접한 관계가 있었기에 카바드로
온 김에 알아봐야 했다. 이곳만큼 정보에 민감한 곳을 찾기란
쉽지 않으니까.

* * *

탄트라는 지금 카바드의 정보 길드에서 자신의 차례가 오
기를 기다리고 있었다.

남들에게 밝히기 꺼려지는 정보는 음지에서 거래되지만, 굳이 그러한 것은 아니라서 은밀하게 행동할 필요는 없었다.

"백삼십오 번 손님 들어오세요."

들썩!

딱 135번이었다. 안내원이 표시해 준 방으로 들어가자 작은 방 안에 젊은 사내 한 명이 앉아 있었다. 몇 번 해본 적이 있어서 익숙하게 자리 잡자 사내가 물었다.

"어떤 정보를 얻으려고 오셨습니까?"

"첫 번째, 최근 십 년 안에 아란델의 꽃이 발견된 적이 있나?"

"음, 세 번 있습니다."

세월이 세월이니만큼 희소성이 강한 아란델의 꽃이라도 몇 번 발견된 것 같았다.

"그럼 그중에서 땅의 정령사인 중년 사내가 가져온 것은?"

"지금부터는 요금이 부과됩니다."

스윽.

탄트라는 샤일라스가 만들어준 공간 주머니에서 피어 마운틴 내부에서 자생되는 약초와 기타 물품을 꺼냈다. 사내는 잠시 물품들을 훑더니 눈을 반짝이며 말했다.

"대답할 수 있는 한도까지 대답하고 남으면 거슬러 드리겠습니다."

남지 않을 수도 있다는 말로 들렸다. 여하튼 중요한 건 그게 아니었다.

"아까 질문."

"십 년 전, 에버른 판 할튼 후작입니다."

원하던 답이 나왔다.

살려준 은혜를 저버리고 자신을 미끼로 던지고 도망친 개같은 놈이다. 절대 용서해 줄 생각이 없었다. 분명히 말했던 것으로 기억한다.

날 속이면 대가를 치를 거라고.

"후작이라……. 어느 왕국이지?"

"벨라간 왕국입니다."

"그럼 벨라간 왕국의 에버른 후작령이로군."

씨익.

젊은 사내가 살며시 웃었다. 바보가 아니라면 그 정도는 누구든 유추해 낼 수 있었다.

"다음."

"역추적은 걱정 안 하십니까?"

아란델의 꽃에 관한 정보는 가격이 쌌다. 알 만한 사람은 죄다 알고 있어서이다.

"막을 수 있나?"

"이 할."

역추적을 막으려면 올려놓은 물품의 2할이 사라진다는 뜻
이다.

"막아."

"다음 질문 받죠."

안다고 해도 별 상관은 없지만 귀찮은 것은 질색이었다. 일
단은 모르게 한 다음 찾아가는 게 빠르고 편했다.

'어떻게 설명할까?'

다음 질문은 설명하기가 조금 어려웠다. 한참을 고민하던
탄트라가 말문을 열었다.

"무구를 하나 찾으려고 한다."

"특징을."

"검붉은 구체. 분노에 반응한다. 발현 형태는 전신 갑옷이
라고 하는 게 옳겠군."

수천 년 전에 잃어버린 무구인 분노의 마갑 퓨리오스를
찾아야 했다. 그것만 있었다면 베헤모스에게 잡혀 피어 마
운틴에서 썩지는 않았을 것이다. 벨페고르에게 받은 마력
과 분노의 힘을 조합하여 마계 최고 장인에게 맡겨 제작했
다.

힘을 분배해서 집어넣었기에 완전한 힘을 얻으려면 반드
시 필요했다. 퓨리오스가 있고 없고의 차이는 더 말할 가치도
없었다.

"일단 잔금으로는 전부 대답하기 어렵습니다."

탄트라의 미간이 일그러졌다. 할튼 따위보다 더욱 중요한 퓨리오스의 행방을 찾아야 하는데 막힌 것이다. 마수의 사체는 팔아야 해서 당장은 내놓을 수가 없었다.

"대답할 수 있는 데까지만."

들을 수 있는 데까지는 들어야 했다.

"대륙 삼대마병 중 하나인 블러디 써클을 찾으시는 것 같습니다. 공식적으로는 봉인되었다고 알려졌지만, 비공식적으로는 아직 데할린 왕가에서 보유하고 있습니다."

사내는 말을 마치고는 탄트라가 내놓은 주머니를 챙겨 바닥 어딘가로 밀어 넣었다.

스르륵.

그러자 바닥이 열리며 작은 공간이 생겨났다. 사내는 그 속으로 주머니를 던졌다.

"더 자세히 알려면?"

"어느 정도 선까지를 원하시는진 몰라도 저희가 알고 있는 모든 것에 역추적까지 포함하면 오천 골드는 필요합니다. 위험하거든요. 왕국을 상대로는."

사내는 살며시 웃었다.

외부에 노출되어 있다고 정보 길드를 무시할 수는 없었다. 그들은 철저히 점조직으로 운영되는 도마뱀 같은 단체여서 제거할 방법이 없었다.

각 왕국은 그들에게 막대한 보상금을 요구하는 대신 정보

를 팔아도 된다고 허락했다. 정보 길드는 흔쾌히 수락했다. 그
쯤은 해줘야 그들이 눈감아줄 거라고 예상하고 있어서이다.

'5,000골드라……'

귀족이나 상인이라도 무시하지 못할 거액이다. 그러나 탄
트라에게는 별로 큰 금액이 아니었다.

"좋아, 조만간 오지."

일단은 최근에 잡은 트윈 헤드 오거와 메드니스 크로커다
일의 사체를 경매장을 이용해 팔아야 했다. 최소 30~40만 골
드는 받을 수 있을 것이다. 3급 마수부터는 마스터가 아니면
잡지 못한다.

발견하기도 쉽지 않았다.

금역을 제외한 다른 지역에는 3급 마수는커녕 4급 마수를
발견하는 것도 하늘의 별 따기였다. 오래전 몇 년간 마수 헌
터 생활을 할 때도 3급 마수가 잡힌 적은 몇 번 없었다.

그런데 이번에는 두 마리였다. 사람이 몰리고 몰릴 것이
다. 더구나 트윈 헤드 오거와 메드니스 크로커다일은 3급 중
에서도 상위에 있는 마수이다.

"우선 할 일부터 하자."

마수의 사체를 팔고 남은 돈으로 퓨리오스의 행방을 정확
하게 찾는다. 그런 후에 할튼을 찾으러 벨라간 왕국으로 간
다음 퓨리오스를 찾으러 데할린 왕국으로 가야 했다.

"원하는 것은 찾으셨나요?"

"그럭저럭."

건물을 나서자 바깥에서 기다리던 샤일라스가 물어왔다. 로브를 뒤집어쓰고 있어서 얼굴이 안 보였기에 다른 이들이 집적거리거나 하는 일은 없었다. 설사 그렇다 해도 그녀의 마법 한 방이면 기겁하고 도망칠 것이다.

"다시 말하지만, 내가 하는 일을 방해하지 마라."

"일족에게 피해가 없는 일이라면 관여하지 않겠어요."

인간 세상이 어떻게 되든 관심 없었다. 엘프들에게 피해만 없으면 그것으로 만족한다.

샤일라스는 오크 족장급의 실력을 지니고 있었다. 그녀는 능숙한 3급 마도사였다. 기사로 치면 숙련된 마스터보다도 강했다.

이러한 경지에 오른 인간 마도사는 대륙에 일곱 명밖에 없으며, 이들을 한데 묶어 세븐 메이지라고 불렀다. 한 명을 제외하면 전부 각 나라의 공, 후작과 마도협회의 요직을 역임하고 있는 존재들이다.

"그건 장담하긴 어렵지만, 아마 그런 일은 없을 것이다."

스스로 나설 필요도 없었다.

십삼왕국연맹과 알칸시아 제국군이 부딪치면 대륙 정세가 난장판이 될 것이다.

두 세력의 병력을 합치면 수백만이 가볍게 넘어간다. 일개 왕국 간의 전쟁만 해도 피해가 엄청난데 대륙 전체가 전쟁에 들어서면 그야말로 난세가 도래할 것이다.

"부탁합니다."

고개 숙여 부탁하는 샤일라스를 뒤로한 채 탄트라는 걸음을 옮겼다. 모든 것은 시간이 지나면 저절로 알게 될 것이다. 지금은 뭐라 해봐야 입만 나불대는 꼴이다.

'설사 엘프들에게 피해가 가더라도 상관하지 않는다.'

고향으로 돌아갈 수만 있다면, 퓨리오스를 찾을 수만 있다면 엘프 따윈 어떻게 되든 관심 밖이었다.

그녀를 살려두고 옆에 붙이는 이유는 필요해서였다. 마법진을 가동하는 데는 반드시 마도사가 필요했다. 아마 그녀도 알고 있을 것이다.

그럼에도 옆에 붙어 있다. 더 말해 무엇하랴.

'모든 것은 나의 뜻대로 한다.'

더 이상은 휘둘리지 않고 스스로 결정해 나갈 것이다.

*   *   *

알칸시아 황궁의 가장 깊숙한 곳.

오로지 당대 황제만이 출입할 수 있는 비밀 공간에 두 명의 중년 사내가 마주 앉아 있었다. 잘생겼지만 찢어진 눈매가 다소 교활해 보이는 라이데온 황제와 그의 외삼촌이자 대륙 제일기사라 불리는 데메우스 대공이었다.

"외삼촌, 일은 잘 진행되고 있습니까?"

"예, 폐하. 눈에 띄지 않게 하느라 앞으로 수년은 더 걸릴 겁니다."

"그거야 어쩔 도리가 없지요. 대놓고 할 수는 없는 일이니."

비밀리에 진행되는 계획이다. 황제인 자신을 포함해 아는 존재는 세 명밖에 없었다. 처음에는 거부감이 들었으나 성과를 봤을 때는 들었던 거부감이 씻은 듯이 사라져 버렸다.

"왜 이렇게 안 오지?"

"아닙니다. 이미 그자는 와 있습니다."

"하! 이젠 나를 가지고 노는구나."

황당하다는 라이데온 황제의 말에 비어 있던 한 자리의 주인이 채워졌다.

"크크크! 미안하오. 늙으면 변덕이 심하니 이해해 주시길."

검은 로브를 쓰고 있는 그에게선 가까이 다가가고 싶지 않은 그런 불길한 기운이 느껴졌다.

'제길! 언제 봐도 적응이 안 되는군.'

라이데온 황제는 몸속을 파고드는 한기에 기분이 좋지 않았다. 만날 때마다 나타나는 현상으로 사람인지 괴물인지조차 의심스러웠다.

이 황자이던 시절, 힘을 실어주겠다는 명목으로 접근해 왔다. 믿을 만한 자가 아니라 생각하여 죽이려 했다. 그러나 상식을 벗어나는 뛰어난 능력을 소유하고 있었기에 지금까지 같은 길을 걷고 있다.

"벨라시온 공, 장난은 그만하시오."

데메우스 대공의 기운이 공간을 잠식하며 불길한 기운을 밀어냈다. 그에 벨라시온은 대응하지 않고 기운을 거둬들였다.

"암흑 마법병단의 완성이 정확히 얼마나 걸리오?"

"언제 전쟁이 터지느냐에 따라 다르외다."

이제 중요한 안건은 십삼왕국연맹과의 전쟁이었다. 이 속에 계획의 핵심이 들어가 있었다.

"외삼촌, 병력의 모집 상황은 어떻게 되어가고 있습니까?"

"흡수한 속국에서부터 뽑아낼 예정입니다. 이 년 정도면 시작될 겁니다."

"그렇다면 삼 년이면 충분하오."

진행되는 상황과 앞으로 계획을 가상으로 조합해 본 결과 그쯤이면 될 것 같았다.

"좋소. 차후 일정은 내가 통보하도록 하지."

슈슉!

라이데온 황제는 그 자리에서 텔레포트 스크롤을 찢어 사라졌다. 그러자 그곳에 남은 자는 데메우스 대공과 벨라시온뿐이었다.

데메우스 대공은 텔레포트 스크롤을 찢기 전에 벨라시온을 향해 말했다.

"경고 차원에서 말하겠소. 허튼짓은 안 하는 게 좋을 것이오. 목숨이 여러 개라면 몰라도."

자기 할 말만을 끝낸 데메우스 대공도 사라졌다. 비밀 공간에 혼자 남은 벨라시온은 의미심장하게 되뇌었다.

"여러 개의 목숨? 크크큭! 그럼 허튼짓을 해도 된다는 뜻이잖은가?"

이미 지나친 삶만 해도 수십 번이 넘는다. 죽어도 죽지 않는 존재가 바로 자신이었다.

"어차피 자네들은 죄다 꼭두각시라네. 나의 손가락에서 춤을 추는 꼭두각시. 히히히히!"

제정신으로 보이지 않았다. 그에게선 미칠 듯 넘실거리는 광기와 무언가를 향한 갈망만이 느껴졌다.

"난 잊지 않아! 그 공포! 그 치욕을! 되갚아주겠어! 반드시 네놈을 죽여 버리고 말겠다!"

강대한 마력이 넘실거리며 비밀 공간을 후려치자 전체가 흔들렸다.

"흥분했군. 어서 널 보고 싶다. 계획이 완성되는 날 저절로 찾아오겠지? 그날만을 기다리마."

파앗!

2급 마법 매스 텔레포트가 캐스팅되며 벨라시온도 비밀 공간을 벗어났다. 그리고 조금 전까지 그들이 있었다는 것을 증명하는 두 개의 온기만이 남았다.

『아르벤드 연대기』 2권에 계속…

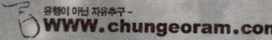

FUSION FANTASTIC STORY

천중화 장편 소설

세계 유일의 남자

**역사를 목격한 적이 있는가.
지금, 세상을 뒤엎을 사내가 온다!**

스포츠 만능에, 수많은 여인의 애정까지…
골프계를 뒤흔드는 골프 황제 김완!

그런데 이 남자의 향기가 심상치 않다.

할머니의 비밀과 부모의 죽음.
그에게 전해진 사건들이 이 남자를 뒤흔들고,
이제 그의 행보가 세상을 움직인다!

『세계 유일의 남자』

**평범한 남자라고 생각했는가?
천만에! 이자는… 세계 유일의 남자다!**

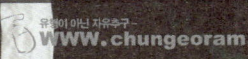 유행이 아닌 자유추구 -
www.chungeoram.com

FUSION FANTASTIC STORY

죽은 자들의 왕

페리도스 퓨전 판타지 소설

공전절후! 쾌감작렬!
청어람이 선보이는 판타지의 신기원!

『죽은 자들의 왕』

대륙 최고의 어쌔신 길드 블랙 클라우드.
어느 날 내려진 섬멸 명령으로 인하여 하루아침에 멸망했다.

그러나……

"오랜만이다, 동생아."

어릴 적 헤어진 동생을 찾아 국경을 넘은 그레이너.
그러나 동생은 죽음의 위기를 겪고,
이제 동생의 모습으로 새로 태어난 그레이너가
모든 음모를 파헤치며 나아간다.

사라졌다 여겨진 전설이 끝나지 않고,
이제 대륙을 뒤흔드는 폭풍이 되리라!

Book Publishing CHUNGEORAM

유행이 아닌 자유추구 -
WWW.chungeoram.com

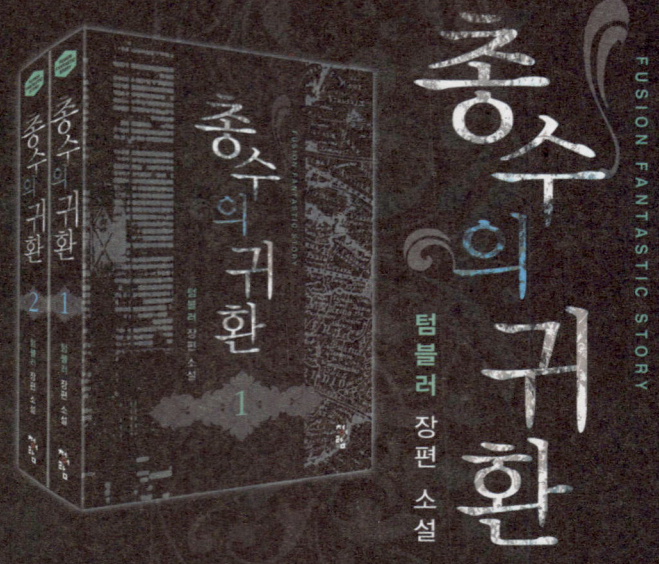

총수의 귀환

FUSION FANTASTIC STORY

텀블러 장편 소설

아버지라 생각한 자의 배신.
그렇게 이방의 사막에서 죽음을 맞이했다.

그러나, 죽음은 끝이 아니라 새로운 시작이었다!

카이스트 최연소 입학.
하늘이 내린 천재.
과학력을 한 단계 진보시킨 과학자!

복수를 위하여 이계에서 살아남고,
기어코 현대로 다시 돌아온 이은우!

"이제 시작이다, 나의 성공가도는!"

세상이 몰랐던 총수의 귀환!
이은우, 그가 돌아왔다!

Book Publishing CHUNGEORAM

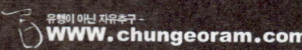

유행이 아닌 자유추구 -
WWW.chungeoram.com